내가 나비인가
나비가 나인가

장자의 지혜

초　판 1쇄 | 2006년 1월 10일
개정판 2쇄 | 2012년 4월 10일

지은이 | 장자 · 평역 | 유홍종
펴낸곳 | 해누리 · 펴낸이 | 이동진
편집주간 | 조종순 · 마케팅 | 김진용

등록번호 | 제16-1732호
등록일자 | 1998년 9월 9일

주소 | 서울시 마포구 성산1동 239-1번지 성진빌딩 B1
전화 | (02)335-0414　팩스 | (02)335-0416
E-mail | sunnyworld@henuri.com

ISBN 978-89-6226-008-3 (03820)

장자의 지혜
우화 111편

내가 나비인가
나비가 나인가

평역_유홍종

차례

장자는 누구인가?

장자(본명: 장주莊周)는 기원전 369년 중국의
전국시대에 송나라 몽(蒙: 현재 중국 하남성 귀
덕부)에서 태어나 기원전 289년에 세상을 떠
난 중국 전국시대의 도가를 대표하는 사상가
이다.

중국의 역사가 사마천이 쓴 〈사기(史記)〉에 따
르면, 장자는 한때 몽에서 칠원리라는 지방 관
리직을 맡았던 적이 있었지만 곧 사직했다.

그 후 그는 송나라를 떠나 위나라와 초나라 등
여러 곳을 유랑하면서 자유분방하게 살았으며,
그가 살던 시기는 춘추전국시대의 양나라 혜왕
과 제나라 선왕 때(기원전 370년–301년)로 기록

되어 있다.

장자의 근본 사상은 노자의 학설이지만 그의 학문이 노자로부터 어디서 어떻게 계승되었는지에 대한 기록은 없다. 다만 그가 쓴 10여만 자의 저술 활동을 보면 그가 중국 역사상 가장 어려운 한문체 문장을 구사한 동시대 중국 산문의 대가이었으며, 노자 사상의 계승자이었고, 공자 사상의 강력한 비판자였던 것을 알 수 있다. 특히 그의 저술은 대부분 우화 형식을 통해 공자의 사상을 비판하고 노자의 사상을 밝히는 데 주력한다. 따라서 당대의 유가와 묵가의 학자들이 그의 날카로운 필력을 꺾지 못했을 뿐만 아니라, 당대의 왕이나 제후들이 그를 등용하기를 꺼렸으며, 그 자신도 초나라 위왕이 제

장자의 초상화

시한 재상 자리를 거절할 만큼 학문적 자유를 누리며 자유분방하게 살았던 것으로 알려지고 있다.

지금 전해지고 있는 장자의 저서는 33편에 이르는 분량이다. 그러나 장자가 직접 쓴 것은 15편뿐이고 나머지는 제자나 후대들이 가필한 것으로 알려져 있다.

그의 학문은 형이상학적 숙명관에서 시작되어 초월적 인생관에 이르고 있으며, 대자연에 철저히 순응하는 한편 삶과 죽음이 하나가 되는 무위자연적 달관의 경지에 이르는 것이 장자 철학의 핵심이다.

특히 그의 사상 중심에는 무(無)가 크게 자리 잡고 있다. 어느 것에도 기대지 않고, 영원에 머무르며, 마음을 비워서 이해관계가 없고, 정이 없어서 막힘도 없고, 이름이 없어서 명예를 구하지 않으며, 공로를 탐내지 않아서 남과 다투지 않고, 자신에게 무관심하면서 지혜를 버리고 말이 없어 시비가 붙지 않으며, 귀천이 없어서 편안하고, 생사를 초월했으므로 기쁨도 슬픔도 없으며, 처음도 끝도 없이 대자연에 몸을 맡기는 것이다. 이것이 곧 인간이 행복에 이르는 길이라고 장자는 말했다.

이 책은 길게의 00편의 방대한 저술 중에서 가장 핵심적인 우화 111가지를 가려 뽑아 쉽게 요약함으로써 2천여 년 전 신앙과 종교가 없던 당대의 중국 사회의 지식인들이 인간적 슬픔과 허무를 어떻게 학문적으로 극복하고 살았는가를 이해할 수 있도록 했다.

아울러 도를 통해 불변의 진리를 주장하는 장자가 오늘날 첨단 문명 사회에 사는 현대인들에게 어떤 삶의 지혜와 인생관을 제시하고 있는가를 이 책은 잘 사색할 수 있도록 꾸몄다.

—편집자

001~007

작은 지혜로 큰 지혜를 넘보지 말라

001
작은 지혜로 큰 지혜를 넘보지 말라

여름에만 사는 매미가
겨울을 어찌 알겠는가

북해의 곤(鯤)이라는 물고기는 길이가 수천 리
나 된다. 그 물고기가 붕(鵬)이라는 새로 변해
서 하늘로 날아갈 때는 등 넓이가 수천 리가
되어 그 날개는 구름처럼 하늘을 가려 버린다.
그 새가 남해의 천지라는 곳에 가려고 날개를
한 번 펼칠 때는 파도가 9만 리나 위로 솟구쳐
서 바닷물이 3천 리나 넘치고, 파도가 가라앉
는 데 6개월이 걸린다.

매미와 비둘기가 그 말을 듣고 비웃었다.

"우리들이야 기껏 느릅나무에서 박달나무까지 날아가 보면 그것으로 됐고, 갈대밭에서 몇 바퀴 빙빙 돌다가 다시 내려앉으면 비상은 그것으로 끝난다. 날개를 가진 새가 그 정도쯤 날아 봤다면 세상에 태어나서 충분히 날아 본 것이 아니겠는가? 그런데 저 큰 몸체를 가진 붕새는 그 먼 남해까지 왜 날아가는 것이며,

거긴 가서 도대체 뭘 하겠다는 수작인가?"

하루 여행길을 떠나는 사람은 한 그릇 든든하게 먹으면 그만이지만, 백릿길 여행을 떠나는 사람은 도시락을 넉넉히 준비해야 하고, 천릿길을 갈 사람은 적어도 세 달치의 음식을 준비해야 한다.

하지만 작은 매미와 비둘기가 그 까닭을 어떻게 알겠는가. 작은 지혜로는 큰 지혜를 깨닫지 못하는 법이다.

아침 한나절만 사는 버섯은 밤이라는 것이 무

엇인지 모르고, 여름에만 살다가 죽는 매미는 겨울이라는 것을 상상도 하지 못한다.

요나라 왕의 신하였던 팽조라는 사람은 8백 년을 살았다고 해서 사람들이 모두 그의 장수 를 부러워했다. 하지만 옛날에 한 참죽나무는 봄과 가을을 8천 번이나 보낼 만큼 오래 버티고 싶었다. 생수를 따지자면 어느 정도 차이 참죽나무와 비교할 수 있겠는가. 그처럼 작은 것과 큰 것의 차이는 엄청난 것이다.

002
자기 분수부터 지키라

숲이 아무리 커도 박새의 집은 나뭇가지 하나로 충분하다

중국 요나라 왕이 허유라는 사람에게 왕권을 주겠다고 하면서 이렇게 말했다.

"나는 지금까지 나라를 잘못 다스렸소. 대낮에 횃불을 켰고, 비 온 후에 밭에 물을 주는 헛수고를 하기만 했소. 그대가 왕이 되면 천하를 잘 다스릴 텐데 아직도 내가 왕좌에 앉아 있는 것이 부끄럽기만 하오. 나는 책임을 통감하고 그만 은퇴할 생각이니 그대가 왕이 되어 주길 바라오."

그 말을 들은 허유는 고개를 가로저으며 왕에

게 말했다.

"폐하께서는 지금까지 나라를 잘 다스려 왔습니다. 그런데 제가 어찌 나라를 다스릴 필요가 있겠습니까. 폐하께서 저더러 왕이 되라는 말은 단지 제 명예를 위해서 왕이 되라는 말이나 다름없습니다. 그래서 그 자리를 더욱 사양하셨습니다 명예라 실부이 그림자에 불과한 뿐인데 어찌 그런 그림자를 위해서 제 몸과 마음의 수고를 다하겠습니까.

뱁새는 큰 숲 속에서 자기 보금자리를 위해 겨우 나뭇가지 하나를 차지할 뿐이고, 수달피는 목이 말라서 강물을 마셔도 겨우 자기 배를 채울 양밖에는 마시지 못하는 법입니다. 그러니 이 한 몸을 위해서 어찌 천하가 필요하겠습니까. 요리사가 제사에 쓸 음식을 만들 수 없다고 해서 귀신이나 제주가 대신 그 음식을 만들 수는 없는 노릇이 아니겠습니까?"

003
모든 것은 반드시 쓸모가 있다

쓸모 없이 큰 나무라도
쉴 그늘을 만들어 준다

어떤 사람에게 아주 필요한 것이 다른 사람에게는 아무 짝에도 쓸모없는 경우가 있다. 그렇게 쓸모라는 것은 자기 본위로 존재한다. 그 점에서 장자는 자기 자신과 사물의 양쪽 측면에서 쓰임새를 잘 살펴보고 있다.

어느 날 전국시대의 정치가이자 사상가인 혜자가 장자를 만나서 이런 말을 했다.

"위나라 왕이 큰 박씨 하나를 줘서 심었더니

쌀 다섯 섬을 담아도 될 만큼 큰 박이 열렸네.
그래서 그 박 속에 장을 담을까 했더니 너무
무거워서 들 수가 없을 것 같고, 바가지로 쓰
려고 둘로 쪼갰더니 너무 넓어서 쓸모가 없었
다네. 그래서 깨뜨려 버리고 말았네."
그러자 장자가 아깝다는 듯 혜자에게 이렇게
말했다.
"그렇게 큰 박은 강이나 호수에 띄웠으면 좋
았을 것을 어찌 깨뜨렸단 말인가?"
그 말을 듣고 혜자가 웃으며 말했다.
"큰 가죽나무는 줄기가 울퉁불퉁하여 널빤지
로 쓸 수가 없고, 가지는 너무 비틀려서 잘라
도 쓸 데가 없지. 그러니 길가에 있어도 목수
들이 베어 갈 생각조차 안 한다네. 지금 자네
가 나한테 한 충고 역시 그 나무처럼 너무 커
서 아무 짝에도 쓸모가 없는 말이네. 그러니
사람들이 자네 말이 옳다고 듣겠는가?"

그러자 장자가 대답했다.

"자네는 몸을 웅크리고 먹이를 노리는 살쾡이를 본 적이 있는가? 그 살쾡이는 땅에 납작하게 엎드려서 먹이를 노리고 있다가 먹이가 나타나면 높은 곳이나 낮은 곳이나 물불을 가리지 않고 날뛰다가 결국은 덫에 걸려 죽는다네. 하지만 구름을 가릴 정도로 큰 저 들소는 쥐한 마리 못 잡지 않는가.

자넨 큰 나무가 쓸데없다고 걱정이지만 왜 그나무를 저 대자연의 넓은 들판에 심어 두고 그 밑에서 산책을 하기도 하고 드러눕기도 할 수 있다는 생각은 하지 못하는가. 그 나무가 그런 곳에 있다면 베어 낼 필요도 없고, 도끼에 상처를 입힐 일도 없지 않겠는가. 또한 쓸모가 없다고 자네가 괴로워해야 할 이유도 없지 않겠는가?"

004
영혼이 무엇인지 알라

사람은 누구의 지시를 받고
이 세상에 살고 있는 것인가

영혼이란 잠을 자고 있거나 깨어 있거나 우리 몸을 장악하고 있다. 하지만 영혼이란 가을이나 겨울의 햇살처럼 점차 그 열기가 쇠퇴해져 가고 옛 활기를 다시 찾지 못하여 끝내는 낡은 시궁창처럼 막혀서 마음의 빛을 다시 보지 못한다.

사람에게는 기쁨과 슬픔, 분노와 근심, 변덕, 두려움, 허세 등 온갖 감정이 있어서, 마치 피리의 빈 구멍에서 음률이 나오고 습지에서 버섯이 자라나듯, 매순간 감정이 생겨 나고 있다. 그러나 그것들이 도대체 어디서 나오는지는 알 수가 없다. 하지만 그런 감정이 없으면 내가 없고, 내가 없으면 그것들을 느낄 수가 없다.

그처럼 밀접한 대상 관계이면서 나는 그런 감정이 어디서 왜 나오는지조차 모르고 있다. 누가 시켰다면 누가 시킨 것인지, 누구의 지시를 받고 이 세상에 살고 있는지, 왜 사람은 살아야 하는지, 그 존재의 이유와 단서조차 밝혀내지 못한 채 살고 있다. 이 세상에서 그것을 아는 자가 누구란 말인가.

우리는 영혼의 형체를 본 적이 없지만, 그것이 현실적으로 존재하면서 영향을 미치고 있다는 것을 잘 안다. 그리고 그 사실은 정말 놀랍다. 사람의 몸은 백 개의 뼈와 아홉 개의 구멍과

여섯 개의 내장으로 이루어져 있는데, 그 중 어느 한 부분이라도 소중하지 않은 것이 없으며, 어느 것 하나도 특별히 중요하지 않은 것이 없다.

우리 몸을 지배하고 조절하는 영혼도 보이지는 않지만 어딘가에 있음이 틀림없다. 우리가 영혼을 볼 수 있거나 없거나 영혼 자체는 아무런 관계가 없다. 우리의 영혼은 한번 존재하면 사라질 때까지 계속 활동하며, 그 힘든 삶의 고통을 겪으면서도 멈추지 않는다.

그런 생각을 하면 비감에 잠긴다. 우리는 평생

을 힘들게 살다가 마땅한 성과도 누려 보지 못
하고 끝내는 지치고 쇠약해져서 어디론지 떠
나야 하는 것이 애처롭기만 하다.

어떤 사람은 죽음이란 없다고 하고, 인간은 영
원히 산다고 말하기도 하지만, 사람이 어떤 방
식으로 영원히 산다고 말하는지 모르겠다. 육
체는 썩어 없어져도 영혼은 어디론가 간다고
하는데, 어디로 가는지 모르니 어찌 슬픈 일이
아닌가. 그걸 유독 나만 바보라서 모르는 것인
지, 아니면 다른 사람들은 알고 있는지 알 수
가 없다.

005
시비와 편견에서 벗어나라

아침에 네 개를 먹을 것인가
저녁에 네 개를 먹을 것인가

사람의 말은 단순히 바람이 지어내는 소리가 아니라 생각을 전하는 것이다. 그런데 사람마다 말이 똑같지 않다. 그것은 생각이 서로 다르기 때문이다. 사람들은 서로 자기 입장에서 말하기 때문에 다른 것이다. 우리가 새의 지저귐을 듣고 다른지 같은지 알 수 있는가? 새가 옳은 말을 하는지 그른 말을 하는지 알 수가 없기 때문에 똑같이 들리는 것이다. 거기에는 편견이 존재하지 않고 똑같은 지저귐으로 들릴 뿐이다.

사람도 상대방과 생각이 같으면 말이 똑같다고 한다. '그 사람 말은 나와 똑같다.' 그래서 거기에는 구별이 필요가 없기 때문에 시비도 없다.

도는 모든 사람들에게 똑같은데 사람들은 도에 참된 도와 그릇된 도가 있다거니 말하나 나 말에도 옳은 말과 그른 말이 있다고 생각한다. 도는 사람들이 잘못 이해하면서 참과 거짓이 흐려지고, 말은 화려한 수식어로 위장하고 있기 때문에 옳고 그름이 가려지는 법이다.

이 세상의 만물은 저 홀로 독자적으로는 존재하지 못한다. 이것은 저것에 의지하고 있고, 저것 또한 이것에 의지하여 존재하고 있기 때문이다. 삶은 죽음이 있기 때문에 존재하는 것이고, 죽음은 삶이 있기에 존재하는 것이다. 삶과 죽음은 이렇게 깊은 관련이 있다. 그래서 이것은 저것에서 비롯되었고, 저것은 이것에서 비롯되었다고 말한다.

사물들은 서로 갈라놓을 수가 없다. 그러므로 삶이 좋고 죽음은 나쁘며, 죽음은 좋고 삶이 나쁘다고 말할 수 없는 것이다. 그런데 삶 쪽에 있는 사람들은 죽음을 부정하고, 죽음 쪽에 있는 사람은 삶을 부정한다. 자기 쪽에서 판단한 것이다. 따라서 어떤 일에도 시비를 걸자면 한이 없다.

어느 노인이 원숭이들에게 도토리를 주면서 "아침에 세 개를 주고, 저녁에 네 개를 주겠다."고 말했더니 원숭이들이 모두 화를 냈다. 그래서 노인이 "그럼 아침에 네 개를 주고, 저녁에 세 개를 주겠다."고 말했더니 모두들 기뻐했다. 하루에 일곱 개를 먹는 것은 똑같은데 원숭이들이 기뻐하거나 화를 낸 것은 주관적인 판단을 했기 때문이다. 이렇게 시비가 생겨

나면 도가 무너지고, 도가 무너지면서 편견이
생긴다.

그렇다면 본래 참됨이나 거짓됨이 없는 도가
왜 진짜와 가짜가 생기는가. 그리고 본래 옳고
그름이 없는 말에서 왜 시비가 생기는가. 그것
은 도가 무너져서 편견이 생겼기 때문에 진위
이 대위이 새기 서히기, 보래 무누 옳으 맠이
인간의 허식적인 문화에 의해 시비가 생긴 것
이다.

따라서 이것이나 저것은 편견, 즉 사물을 상대
적으로 생각해서 생기는 시비일 뿐, 절대자의
입장에서 보면 똑같은 것이다. 따라서 편견을
초월하지 못하면 도를 얻을 수 없고, 성인도
될 수 없다. 사람은 시비와 편견을 초월해야
도를 깨달을 수 있다.

006
얕은 지식으로 자랑하지 말라

사람은 높은 나무가 무섭지만 원숭이는 무서워하지 않는다

내가 무엇을 안다고 하는 것은 내 안목이나 내 지식이나 내 방식과 경험에 의해서 안다고 하는 것이다. 그러므로 진정으로 무엇을 안다고 말할 수가 있겠는가? 습기 찬 곳에서 잠을 자면 허리가 아파서 불구가 되고 끝내는 죽는다고 사람들은 말한다. 하지만 미꾸라지도 그런가? 미꾸라지는 그 말이 해당되지 않는다.

높은 나무에 올라가면 무서워서 떨린다고 말

한다. 하지만 원숭이도 그런가? 아니다. 원숭이는 나무에 올라가도 무서워하지 않는다. 따라서 거처로서 습기 찬 곳과 시궁창 속과 나무 위, 이렇게 세 가지를 두고 어느 곳이 가장 살기 좋으냐고 물으면 사람과 미꾸라지와 원숭이의 대답은 서로 다르다.

무엇을 먹으면 가장 좋을까 생각해 본다. 사람은 소와 돼지를 잡아먹는데, 순록과 사슴은 풀을 뜯어먹고, 지네는 뱀을 먹고, 솔개나 독수리는 들쥐를 잡아먹는다. 그런데 소, 돼지, 풀, 뱀, 쥐 중에서 어느 것이 가장 맛있느냐고 물으면 각자 다른 말을 한다.

전국시대 월왕의 애첩이었던 미녀 모장과 춘추시대 진나라 헌공의 아름다운 시녀 여희는 모든 사람들이 미녀로 손꼽고 있지만 물고기는 그들이 나타나면 놀라서 숨고, 새들은 그들을 보면 멀리 달아나며, 사슴들은 도망친다. 그런데 사람과 원숭이와 순록과 미꾸라지더러 어느 것이 천하에서 가장 아름다우며 짝을 이루고 싶으냐고 묻는다면 각자 어느 것을 선택

하겠는가.

짐승들뿐만 아니다. 사람들도 각자 개성과 취향에 따라 살고 싶은 곳이 다르고, 좋아하는 음식도 다르며, 사랑의 대상도 제 눈에 맞는 사람을 고른다. 그런데 어느 누가 무엇을 어떻게 잘 안다고 떳떳하게 말할 수 있겠는가. 그 ~~…~~ 기 자신도 정말 안다고 말할 수 없다. 무엇을 안다는 것은 결국 주관적인 판단의 결과일 뿐이다. 그러니 무엇을 안다고 떳떳하게 말할 수 있는 사람은 하나도 없다.

007
사람은 옳고 그름을 알 수 없다

그때는 슬퍼서 울었는데
지금은 기뻐서 웃고 있다

진나라 헌공의 아름다운 시녀 여희는 애(艾)나라의 국경을 지키는 관리의 딸이었다. 그녀는 헌공의 눈에 들어 진나라에 갔을 때 고향을 떠난 슬픔에 못 이겨 옷깃이 젖도록 울었다.

그러나 헌공의 애첩이 되어 호화로운 잠자리와 맛있는 음식과 값비싼 비단 옷을 입은 후로는 '지금 이렇게 좋은데 그때 내가 왜 울었지?' 하고 전에 울었던 일을 후회했다.

사람의 변덕이 이렇다면, 죽음을 당하면서 살려달라고 그토록 애원하던 사람도 죽은 후에

는 너무 행복해서 '이렇게 행복한데 내가 왜
그토록 살기를 바랐단 말인가.' 하고 후회할
지도 모르는 일이 아니겠는가?

내가 친구와 말다툼을 해서 이겼다면 나는 옳
고 친구는 그른 것인가? 또 내가 지고 친구가
이겼다면 나는 그르고 친구는 옳다는 말인가?
옳고 그름이 싸워서 이기고 진 자의 몫이란 말
인가? 나와 친구가 서로 무엇이 옳은지 모른
다면 제3자는 과연 옳고 그름을 판단할 수 있
단 말인가? 아니라면 누구에게 그것을 바로잡

아달라고 할 수 있겠는가?

나와 뜻이 같은 친구에게 그것을 바로잡아 달라고 한다면 어떻게 바로잡을 수 있으며, 나와 뜻이 다른 친구에게 어떻게 그것을 바로잡아 달라고 말할 수 있겠는가. 또한 둘의 의견이 같거나 둘의 의견이 다르다면, 또 누구에게 그것을 바로잡아 달라고 부탁할 수 있겠는가.

옳다는 것과 그르다는 것, 또한 그렇다는 것과 그렇지 않다는 것은 서로 맞서 싸워서 어느 것이 이기고 지든, 그것으로는 옳고 그름을 판단할 길이 없다. 옳고 그름은 그처럼 끝없는 순환과 반복만으로는 해결할 수가 없는 법. 그래서 그것을 자연의 이치와 조화에 맡기고, 무한한 경지에 붙여 맡겨둘 수밖에 없는 것이 아니겠는가.

008~015

오직 진실만 말하라

008
참된 도는 하나로 통한다

꿈에 내가 나비가 된 것인지
나비가 꿈에 내가 된 것인지

어느 날 그림자 옆에 생기는 그늘이 그림자에게 물었다. "아까는 자네가 앉아 있더니 지금은 서 있네. 또 아까는 자네가 서 있더니 지금은 앉아 있으니, 자네는 왜 그토록 지조가 없는가?"

그러자 그림자가 대답했다.

"내가 기대고 있는 것이 있기 때문이네. 또 내가 기대고 있는 것을 또 의지하고 있는 것이

있다네. 게다가 내가 기대고 있는 것은 뱀의
발이나 매미의 날개 같아서 잠시도 가만히 있
지 못하고 있네. 왜 그런지 그 까닭을 과연 누
가 알겠는가?"

이 세상의 모든 존재는 스스로 존재하고 스스
로 자멸하는 것이어서 실재도 없고, 그림자도
없고, 그림자 옆에 생기는 그늘도 없다. 단지
자연으로 존재하고 자연으로 변하는 것이므로

원인과 결과의 관계도 없고, 서로 기대고 의지하는 것도 없다.

전에 장주(莊周)라는 사람이 있었는데 그는 꿈에서 나비가 되어 훨훨 날아가는 꿈을 꾸었다. 자기 자신이 분명 나비였다. 장주는 마음대로 하늘을 나는 것이 너무 기뻐서 자신이 장주라는 것을 잊고 나비로 알고 있었다. 그러나 잠시 후에 꿈을 깨고 보니 자신은 나비가 아니라 분명히 장주였다. 장주는 꿈에 자기가 나비가 된 것인지, 아니면 나비가 자신이 된 것인지 알 수가 없었다.

평범한 사람은 꿈과 현실, 나와 나비를 구별하지만 도를 터득한 사람은 그런 구별이 없다. 그래서 크고 작음도 없고, 아름다움과 더러움도 없고, 길고 짧음도 없다. 모든 참된 도는 피차의 구별이 없이 모든 것이 하나로 통한다.

그래서 모든 가치의 대립이 하나로 보이기 때문에 꿈과 현실에서 벗어나 내가 나비가 되고 나비도 내가 된다. 모든 것이 물화(物化)하는 것이다. 이런 경지에 이르러야 참된 우주의 실체와 진리와 도를 터득할 수 있다.

009
죽음을 슬퍼하지 말라

죽음은 하늘의 본분을 다하고
자연으로 되돌아가는 것이다

노자가 죽었을 때 그의 친구 진일이 초상집에 가서 예의를 갖추면서 곡을 딱 세 번만 하고 나왔다. 보통 친척이나 가까운 친구는 조문할 때 살아 있을 때의 우의와 정을 안타깝게 여겨 오랫동안 슬픔을 드러내는 것이 관례지만 노자의 친구 진일은 조의를 너무 짧게 표시하고 나왔던 것이다. 그러자 진일의 제자가 스승에게 물었다.

"노자께서는 스승님의 아주 가까운 친구가 아니었습니까?"

그러자 진일이 제자에게 말했다.

"처음에는 나도 그가 훌륭한 사람이라고 여겼다. 그런데 지금 보니 그게 아니었다. 초상집에서 보니 노인들은 마치 자기 자식을 잃은 것처럼 곡을 하고, 젊은이는 마치 자기 부모가 돌아간 듯이 곡을 하고 있었다. 그가 살아 있

을 때 죽으면 그렇게 울어 달라고 부탁한 것도
아닐 텐데, 정을 얼마나 많이 베풀었으면 그렇
게 곡을 많이 하게 만든 것인지 모르겠다.
그런 일은 하늘의 뜻을 어긴 일이고, 자연의
뜻과 타고난 본분을 잊은 일이어서 죄에 해당
한다. 노담(노자의 자)은 이 세상에서 살 만큼
살았기에 돌아가신 것이 아니겠느냐. 죽음이
란 사람이 하늘의 본분을 다한 후에 자연에 순
종하는 것뿐이다. 거기에 어찌 슬픔과 기쁨이
스며들 수 있겠느냐. 옛날에는 죽는 일이 황제
의 속박에서 풀려나서 자유롭게 되었다는 뜻
으로 여겼다. 아궁이에 땔감을 계속 밀어 넣으
면 불길이 언제 멈추겠느냐."

010
명예를 버려야 정의가 선다

물로 불을 끄려고 하거나
물로 물을 막으려 하지 말라

공자의 제자 안회(顔回)가 위나라로 가려고 하
자 공자가 위나라에 가려고 하는 이유를 물었
다. 그러자 안회는 공자에게 이렇게 말했다.
"위나라의 젊은 왕이 독재 정치로 백성을 마
구 혹사시켜 죽은 시체가 삼단같이 쌓여 연못
을 메우고 있습니다만, 위왕은 잘못조차 깨닫
지 못하고 있습니다. 의사의 집 앞에는 환자가
모인다는 말이 있습니다. 저는 안정된 이 나라

를 떠나 어지러운 나라로 들어가서 제가 배운 대로 정의를 실천하여 위나라를 바로 잡는 데 힘을 보탤까 합니다."

그 말을 듣고 있던 공자가 안회에게 말했다.

"도라는 것은 여러 가지가 뒤섞이고 혼란해지는 것을 꺼린다. 어지럽고 걱정이 많이 생기면 점차 해결이 어렵기 때문이다. 그래서 옛 어른들은 말하기를 먼저 자기 자신을 닦은 후에야 남에게 관심을 가지라고 했다.

저도 다스리지 못하는 주제에 어떻게 남의 일에 끼어들 수가 있겠는가. 덕은 명예를 좇으면 혼란해지고, 명예는 상대를 해치며, 지혜는 다투는 무기가 된다. 따라서 명예와 지혜는 모두 흉기 같아서 그것으로는 사람을 다스릴 수가 없는 법이다.

또한 덕이 두텁고 믿음이 확실해도 남의 기분을 다 헤아릴 수가 없다. 겉으로 인자로움과

의로움과 법도를 내세우면서 말로만 지껄이는 사람은 남의 악을 딛고 나의 장점을 과시하려 드는 짓에 불과하다. 그런 사람들은 남을 불행하게 만들고, 남을 불행하게 만드는 사람은 반드시 남에게 불행을 당하게 된다.

그러니 어쩌면 너도 남에게 불행을 줄지도 모려 형벌을 면하지 못하게 될 것이다.

위나라 왕이 하필이면 왜 너를 자기 나라에 등용시키겠느냐? 하나 만약의 경우에 위나라 왕이 너를 등용한다고 해도 반드시 너를 시험대에 올려놓고 약점을 잡으려 들것이다.

그때 네 안색은 변할 것이고, 네 입은 변명을 늘어놓게 될 것이며, 너는 허리를 굽힐 것이고, 결국은 그의 비위를 맞추게 될 것이다. 그렇게 되면 그것은 불로 불을 끄는 일이나 물로 물을 막는 격이 될 것이다. 그리하여 결국 너

47

는 그에게 순종하게 될 것이며, 만일 네가 반발하면 반드시 죽음을 면하지 못할 것이다."

그러자 안회가 공자에게 말했다.

"그러면 제가 위에 가서 어떻게 해야 하는지 좋은 방법을 가르쳐 주십시오."

"네가 정 위나라에 가겠다면 먼저 명예욕을 버리고 가야 한다. 그리고 위왕이 네 말을 용납하게 될 때까지는 결코 한 마디도 입을 열어서는 안 된다. 특히 네 마음을 엿보여 약점을 잡히지 말고 모든 행동을 삼가야 한다. 걷지 않고 서 있기는 쉬우나 걸으면서 땅을 딛지 않기란 어려운 법이다.

그리고 무엇보다 하늘의 이치에 몸을 맡겨야 한다. 날개로 난다는 말은 들었지만 없는 날개로 난다는 말은 듣지 못했다. 지혜로 깨달았다는 말은 들었어도 없는 지혜로 깨달았다는 말은 듣지 못했다. 겉으로는 조용히 앉아 있는 것 같아도 마음은 ▨▨▨ ▨▨▨▨ ▨▨▨. 그것을 좌치(坐馳)라고 한다. 귀와 눈이 마음의 지각을 벗어나면 귀신도 깃든다고 하지 않았느냐. 내 말을 명심한다면 위나라에 간들 두려울게 무엇이겠느냐."

011
오직 진실만 말하라

좋을 때는 지나치게 칭찬하고
나쁠 때는 지나치게 비난한다

춘추시대 초나라의 대부 심자량이 제나라 사
신으로 떠날 때 공자가 타국에 가서 지켜야 할
본분에 대해서 이렇게 충고하고 있다.

"신하가 왕을 잘 모시는 일과 자녀가 부모를
잘 모시는 일은 이 세상에서 피할 수 없는 운
명의 대계(大戒)이다. 자식은 부모를 편하게
모시는 것이 가장 큰 효도이며, 신하는 왕을
안심하게 모시는 것이 가장 큰 충성이다.

또한 자기 자신에게 충실한 사람은 어떤 큰 슬픔이나 기쁨에도 사로잡혀서는 안 된다. 하나 이것도 안 되고 저것도 안 된다는 것을 알았을 때 그것을 운명으로 알고 마음을 편히 먹는 사람이 덕이 있는 사람이다.

가까운 사람과는 반드시 믿고 살아야 하지만 멀리 떨어져 있는 사람과도 반드시 말로나마 최선의 성의를 다해야 한다. 친하게 지내는 둘 사이에 어떤 일로 서로 기뻐해야 할 때나 서로 불편한 입장이 되었을 때는 극히 조심해야 한다. 왜냐하면 서로 잘 지낼 때는 상대방을 지나치게 칭찬하게 되지만 상황이 나빠지면 서로를 지나치게 비난하기 때문이다.

지나친 것은 늘 신뢰를 잃게 한다. 그래서 옛말에도 "오직 진실만을 말하고 지나친 말은 삼가야 몸이 안전하다."라고 했다.

또한 다른 사람에게 요령이나 기교를 쓰면 처음에는 그것이 잘 통하겠지만 갈수록 수법이 드러나면서 끝내는 신뢰마저 잃게 된다. 너무 잘해 보려고 열심히 하다 보면 늘 기교가 지나치게 되기 때문이다.

처음에 술을 마실 때는 누구나 예의를 갖추지만 나중에는 예의가 문란해진다. 누구나 친교 관계에서 처음에는 점잖지만 나중에는 야비해지기 마련이고, 처음에는 간단하지만 점차 크고 복잡하게 얽히는 법이다.

말이 많은 사람은 반드시 허세를 부린다. 상대의 말과 행동에 화가 나는 것은 그 속에 속임수와 교활함이 들어 있기 때문이다. 짐승이 죽을 때는 마음이 사나워져서 아무 소리나 쏟아내고 있는 것처럼, 사람도 정도가 넘치면 반드시 나쁜 마음으로 대응하게 된다.

012
상대의 성질을 거스르지 말라

호랑이의 성질을 거스르면
길들인 조련사도 해친다

위나라 영공의 태자 과외는 아주 난폭한 인물
이었다. 노나라의 학자 안압은 위나라 태자의
스승으로 위촉을 받고 위나라의 대부 거백옥
을 찾아가서 태자를 어떻게 가르쳐야 좋으며
자신은 어떻게 처신해야 좋은지 물었다.

그러자 거백옥은 안압에게 이렇게 말했다.

"그대는 사마귀란 놈을 아시오? 사마귀가 제
힘도 모르면서 수레바퀴를 끌려고 덤비면 안

됩니다. 그러니 그대는 태자 앞에서 재능을 뽐
내지 마시오. 아주 위태로워질 것입니다. 호랑
이 조련사가 토끼를 먹이로 줄 때 산 채로 주
지 않는 이유는 호랑이에게 살생의 버릇을 길
러 사나워지는 것을 막기 위해서요, 통째로 주
지 않는 것은 호랑이가 이빨로 찢는 버릇을 기
르지 못하게 하기 위함이오. 호랑이가 배가 고
픈지 부른지를 잘 살핀 후에 맹수가 노여움을

폭발하지 않도록 시간에 맞춰 먹이를 주면서 잘 이끌어 가면 호랑이는 조련사의 말에 잘 따릅니다. 호랑이가 사람을 해치는 것은 바로 호랑이의 성질을 거슬렀기 때문입니다.

힘센 말을 봅시다. 말 주인은 말을 사랑하기 때문에 바구니에 말똥을 받아 주고 동이에 말 오줌까지 받아내는 수고를 다 합니다. 그러나 모기나 파리가 말 몸통에 붙었을 때 때려잡으

려고 손바닥으로 갑자기 말의 몸통을 후려치
면 말이란 놈은 놀라서 재갈을 끊고 힘센 발로
주인의 머리와 가슴을 차 버립니다.

본래 말을 아끼는 주인의 마음은 지극했으나
잠깐의 실수와 부주의로 그런 일을 초래하게
되면 그동안의 고생이 허사로 끝나는 것이 아
~~니겠습니까? 매에 대해서도 이렇게 해야 되니~~
려야 하는지 알겠습니까?"

013
힘과 재능을 욕심껏 발휘하지 말라

꽃은 아름다울수록 빨리 꺾이고
나무는 곧을수록 빨리 베인다

한 목수가 제나라로 가다가 곡원에서 큰 가죽
나무를 보았다. 그 나무는 수천 마리의 소를
그늘에 가릴 수 있고, 둘레가 백 아름이나 되
며, 높이는 산을 우러러볼 정도였고, 가지 하
나로도 배를 만들 수 있을 만큼 컸다. 그러자
목수의 제자들이 스승에게 달려가 물었다.

"저희가 도끼를 잡고 선생님을 따른 이후로
이렇게 크고 좋은 재목을 본 적이 없는데 왜

저 나무를 베지 않고 모른 채 지나치십니까?"
그러자 스승 목수가 이렇게 말했다.
"저 나무로 배를 만들면 가라앉고, 관을 만들
면 빨리 썩을 것이며, 그릇을 만들면 쉽게 깨
질 것이고, 문을 만들면 진물이 흐를 것이며,
기둥을 만들면 좀이 빨리 먹을 것이다. 그러니
그 나무야말로 재목이 될 수 없고, 재목이 될
수 없었으니 수명이 긴 것이다."

선생의 말에 제자들이 고개를 끄덕거렸다. 좋은 재목이었더라면 나무가 저렇게 클 때까지 목수들이 베어다 쓰지 않았을 리가 있겠는가? 아무 짝에도 쓸모 없는 나무이기 때문에 베지 않고 지나친 것이다. 스승 목수가 집에 돌아와 잠을 잘 때 그 가죽나무가 꿈에 나타나서 그에게 이렇게 말했다.

"너는 나를 어찌 세상의 뭇 나무들과 비교하려 드느냐? 아가위나무, 배나무, 귤나무, 유자나무는 열매가 익으면 사람들이 금세 따가고, 큰 가지는 꺾이고 작은 가지는 잘린다. 그것은 그 나무들이 사람들에게 유익하기 때문에 당하는 고통스러운 운명이다. 그래서 그 나무들은 생명을 오래 유지하지 못하고 일찍 죽게 된다. 어느 나무나 다 그렇다. 하나 나는 사람들에게 쓸모없는 나무가 되기를 오랫동안 바랐다. 그래서 몇 번의 죽을 고비를 넘기고 이제야 겨우 내가 원하던 목적을 이루었기에 이렇게 큰 나무로 살아남은 것이다. 그 이유는 나 자신을 위해 좀더 유용하게 쓰고자 했기 때문이다. 만일 내가 사람들에게 쓸모가 있었던들 이렇게 클 수가 있었겠는가.

꽃은 아름다울수록 빨리 꺾이고, 나무는 곧을 ┊╴╾┃╴╵╴╿╶╿╴╾╴╵╴╿╶╿╴╾╴╿╴╾╴사람들은 그것도 모르고 남보다 뛰어나려고 욕심과 허세를 부리다가 제 명을 못 누리고 세상을 일찍 등진다.

세속에서 쓸모없음이야말로 초월자가 살아가는 처세의 지혜이다. 너나 나나 세상에 존재하고 있는 한 가지 사물에 불과할진대, 왜 너는 나만 쓸모없는 존재라고 비방하고 있는가. 게다가 죽어가는 네놈보다 더 오래 살아 있게 될 나의 진가를 어찌 안다고 함부로 입을 놀리고 있단 말이냐?"

014
하늘을 알고 사람을 알라

지혜로써 때에 적응하고
덕으로 순종을 실천하라

하늘을 알고 사람을 아는 자는 진인(眞人)이
다. 하늘을 안다는 것은 곧 자연을 따라 산다
는 뜻이며, 사람을 안다는 것은 지혜를 따라
산다는 뜻이다. 그러나 이 세상에서 먼저 깨달
은 선각자가 있어야 그 깨달음이라는 것이 무
엇인지 알 수 있지 않겠는가. 그렇다면 어떤
사람을 깨달은 사람이라고 말할 수 있는가.
옛날에는 그런 사람은 작은 공로나 큰 성공도

뽐내지 않았으며 무슨 일을 이루려고 애쓰지
도 않았다. 그는 일이 잘못되어도 후회하지 않
았으며 일이 잘되어도 의기양양하지 않았다.
그는 높은 곳에 올라가도 떨지 않았고, 물 속
에 들어가도 젖지 않았으며, 불에 들어가도 뜨
겁지 않았다. 그것은 그의 지혜가 도에 이를
수 있었기 때문이다.

그는 밤에 잘 때 꿈을 꾸지 않았고, 낮에 깨어
있어도 걱정이 없었으며, 음식을 먹을 때는 맛
을 찾지 않았다. 그의 숨결은 깊고 깊었다. 그
는 삶을 기뻐하지 않았고, 죽음을 두려워하지
않았으며, 태어났다고 기뻐하지 않았고, 죽음
을 거부하지도 않았으며, 말없이 가고 말없이
올 뿐이었다. 그는 시작도 없었고 끝도 없었으
며, 살다가 죽으면 기꺼이 자연으로 돌아갔다.
그런 사람을 진인라고 불렀다.

그의 자태는 고요하며, 이마는 넓고 컸으며,

엄숙한 것은 가을과 같고 따뜻한 것은 봄과 같았다. 때문에 만물을 즐기면 성인이 아니고, 하늘의 때를 따지면 현인이 아니며, 이해를 따지면 군자가 아니고, 명예를 좇으면 선비가 아니며, 참되지 못하면 군주라고 할 수가 없다.

옛날의 진인은 모자란 듯하면서도 남에게 받는 일이 없으며, 점잖으면서도 고집스럽지 않고, 비어 있으면서도 허영심이 없으며, 늘 온화해서 기쁜 것 같고, 무뚝뚝하나 그 안에 덕

이 조용히 머물러 있으며, 무심해서 그 말을
잊은 듯하다.

그는 법을 잘 지키고, 예를 갖추어 이웃을 가
르치며, 지혜로써 때를 잘 적응하고, 덕으로
순종을 실천하는 사람이다. 그는 한결같음도
하나같고, 한결같지 않음도 하나같다. 죽음과
삶이 하나임을 실천하는, 이게 하나의 방법이라는
것은 하늘의 도리이다. 따라서 나의 삶을 기리
는 것은 곧 죽음을 기리는 이유가 된다.

015
절대진리를 깨달으라

도를 깨달으면 시간을 잊고
삶과 죽음을 초월하게 된다

득도를 이룬 남백자규(南伯子葵)가 옛 현인인
여우(女偶)에게 물었다.
"선생님은 나이가 많은데 어찌 겉모습은 아이
같습니까? 무슨 비결이라도 있습니까?"
그러자 여우가 말했다.
"도를 깨달았기 때문입니다."
"그럼 그 도를 나도 배우고 싶습니다."
남백자규의 말에 여우는 다음과 같이 말했다.

"내 생각에 당신은 도를 배우기가 어려울 것입니다. 옛 현인 복량의는 성인이 될 수 있는 소질이 있었으나 성인의 도를 갖지 못했습니다. 나는 그와 반대로 성인의 도를 갖고 있지만 본래 성인이 될 소질이 없었습니다. 그래서 내가 복량의를 제자로 삼은 후에는 그를 가르쳐서 과연 성인을 만들 수 있을까 검서했습니다. 하지만 내가 도를 가르친 지 3일 만에 그는 이미 천하를 초월했고, 7일 만에 사물을 초월했으며, 9일 만에 삶을 초월했습니다. 그 후에는 해가 새벽의 어둠을 꿰뚫는 것처럼 밝고 큰 깨달음의 경지에 이를 수 있었습니다. 그런 후에는 절대진리에 눈을 떴습니다. 그런 후에는 시간을 잊고, 죽음과 삶의 경지를 뛰어넘었습니다."

"그런 도를 어떻게 배웠습니까?"

"나는 도를 문헌에서 배웠고, 문헌은 읽어서

터득하는 것으로부터 배웠고, 터득한 것은 밝게 이해하는 것으로 배웠고, 이해하는 것은 입으로 속삭여 마음으로 깨닫는 것으로 배웠고, 마음으로 깨닫는 것은 실천해서 행동에 옮김으로써 배웠고, 실천하고 행동하는 것은 감탄함으로써 배웠고, 감탄하는 것은 진리 그 자체와 까마득하게 합친다는 뜻으로 배웠으며, 그것은 또한 조용하고 그윽하다고 배웠습니다. 그리고 우주의 근원에 견주어 나 자신을 깊게 포용하는 단계까지 모두 거쳐서 경험을 얻은 후에야 비로소 도를 배울 수 있었습니다."

016~023

남의 본성을 바꾸려 들지 말라

016
죽음은 참된 곳으로 돌아가는 것이다

물고기는 물에서 살아야 잘 살고
사람은 도에 살아야 잘 산다

자상호, 맹자반, 자금장, 이렇게 세 사람은 서
로 마음에 거슬리는 것이 없는 친구가 되어 잘
살았다. 그러다가 자상호가 먼저 죽었는데 친
구들은 장례를 치를 생각을 하지 않았다. 그
소식을 들은 공자가 자공을 시켜서 장례를 치
러 주도록 했다. 그러자 장례식날 맹자반은 자
상호를 위해 악보를 만들었고, 자금장은 거문
고를 연주하면서 이렇게 노래를 불렀다.

"상호야! 너는 이미 참된 곳으로 돌아갔는데, 아! 우리는 아직 살아 있는 게 한이다."

자공이 그것을 보고 놀라서 그들에게 "고인 앞에서 노래를 부르다니 당신들은 예의도 없소?" 하고 물었다.

그러자 두 사람은 웃으면서 "그대는 예의가 무엇인지 아는가?" 라고 말했다. 자공이 공자에게 돌아와서 그 사실을 전하면서 도대체 자상호의 친구들은 어떤 사람들이기에 그런 짓을 했는지 물었다. 그러자 공자가 말했다.

"그자들은 세상 밖에서 사는 자들이고 우리는 세상 안에서 살고 있다. 그들과 우리는 안팎이 다르듯 다른데, 널 조문객으로 보낸 내가 구태를 벗어나지 못했구나. 그자들은 지금 조물주와 친구가 되어 살고 있단다. 그자들은 이 세상에서의 삶을 마치 사마귀나 혹으로 여기고, 죽음을 부스럼으로 터진 종기쯤으로 여기고

살고 있단다. 그자들은 사람의 육신이란 자연
의 여러 물질들을 가져다가 만든 것으로 생각
해서 자신의 쓸개나 간이나 귀나 눈도 잊어버
리고 살며, 시작도 모르고 끝도 모르면서 아득
히 먼 속세 밖에서 아무 일도 하지 않고 노닐
고 있다. 그런 그들이 어찌 세속의 번잡스러운
예의를 갖추어 남의 눈을 끌려고 하겠느냐?"
그러자 자공이 공자에게 물었다.
"그럼 선생님께서는 어느 쪽을 원하십니까?"
"나는 하늘로부터 벌을 받은 사람이다. 하지

만 내가 아는 것을 너와 나누고 싶다."

"그렇게 되려면 어떻게 해야 합니까?"

"물고기들은 물에서 살아야 잘 살듯이 사람은 도에 살아야 성품이 완성된다. 물고기는 물에서 살아야 서로를 잊고, 사람은 도에 살아야 서로를 잊는다. 기인은 사람의 눈에는 이상하기만 하늘의 눈으로 보면 정상이다. 그래서 하늘의 소인은 사람 중에서는 군자이지만, 사람 중에서 군자는 하늘에서는 소인이 되는 것이다."

017
상황에 순응하라

주변과 조화를 이루는 것이
고요한 하늘로 들어가는 것이다

안희가 공자에게 물었다.

"맹손재는 어머니가 죽자 곡은 했지만, 눈물을 흘리지 않았고 슬퍼하지도 않았는데, 상주 노릇을 잘했다는 소문이 노나라에 크게 퍼졌습니다. 왜 그가 그런 짓을 하고도 명예를 얻었는지 알 수가 없습니다."

그러자 공자가 말했다.

"그는 장례법을 잘 알면서도 남들이 못 하는 '간소한 장례식'을 치렀기 때문이다. 그는 사람이 사는 까닭을 알려고 하지 않았고, 사람이 죽는 이유도 알려고 하지 않았다. 그는 삶과

죽음이 어느 것이 먼저고 어느 것이 나중인가
도 모른다. 그저 자연의 변화에 잘 순응하고
기다리며 살았을 뿐, 자연의 변화가 왜 변화하
는 것인지, 변화해야 하는 것이 왜 변화하지
않았는지 알려고 하지도 않았다. 그는 몸이 놀
라도 마음은 상하는 일이 없었고, 몸은 크게
놀라도 심성은 ▨▨▨▨▨▨▨▨▨▨▨▨
로 깨달았기에 세상 사람들이 곡을 하면 따라
서 곡은 하지만 눈물은 흘리지 않은 것이다.
네가 꿈에 새가 되어 하늘로 날아가고, 꿈에
물고기가 되어 연못에 있었다면, 그것이 진정
꿈속에서 있었던 일인지 깨어나서 있었던 일
인지 누가 알겠는가. 남의 약점을 보면 그저
웃음으로 대하는 것이 좋다. 또한 자주 웃는
것보다는 조화를 이루는 것이 좋다. 주변과 편
안하게 조화를 이루고 애써 변화하려고 하지
않는 것은 고요한 하늘로 들어가는 길이다."

018
균형을 잃지 말라

지나친 결벽증과 지나친 탐욕은
본성을 잃었다는 점에서 똑같다

소인은 이득을 위해 자신을 죽이고, 학자는 명예를 위해 자신을 죽이며, 아내는 가족을 위해 자신을 죽이지만, 성인은 천하를 위해 자신을 죽인다. 그들은 모두 각자 본분이 다르고 명성도 다르지만 자기 몸과 천성을 죽여서 희생한다는 점에서는 똑같다.

은나라의 백이는 부왕이 죽은 후 왕이 되기를 사양하고 나라를 떠났다. 그 후에 무왕이 은나

라를 멸망시키고 주나라를 세웠다. 그러자 백
이는 무왕의 행위가 의롭고 인자로운 행위에
위배된다는 이유로 주나라의 곡식을 먹지 않
겠다고 거부하고 수양산에 들어가 고사리를
캐먹으며 살다가 끝내 굶어죽고 말았다.

그와 반대로 춘추시대의 도척은 악당 9천 명
과 작당하여 온갖 잔인무도한 악행을 다 저지
르며 살다가 동릉산에서 죽었다.

백이와 도척이 죽은 이유는 각기 다르지만 생명을 잃고 자신의 천성을 해친 점에서는 똑같다. 그런데 왜 사람들은 백이는 옳다고 말하고 도척은 그르다고 말하는 것인가?

세상 사람들은 남자가 인자롭고 의로운 일을 위해 죽으면 군자라고 말하고, 재물을 탐내다가 죽으면 소인이라고 말한다. 그러나 생명을 잃고 천성을 해친 점에서는 백이나 도척이나 똑같기 때문에 군자니 소인이니 하는 구별은 소용없는 일이다.

대체로 자기 것은 못 보고 남의 것만 보는 사람, 자기 스스로는 얻지 못하고 남이 얻은 것만 얻는 사람, 자기 만족은 헤아리지 않고 남의 만족에만 관심을 갖는 사람은 모두 미혹에 빠져서 본성을 잃은 것이다. 나는 그런 따위의 도덕을 부끄러워한다. 그래서 나는 감히 인자하고 의로운 행실을 하려 들지 않을 뿐만 아니라 재물에 매혹당하는 짓 따위도 하지 않는다.

019
남의 본성을 바꾸려 들지 말라

풀 뜯고 뛰노는 것이
말에게는 가장 큰 지혜이다

말은 말굽이 있어야 서리와 눈을 밟을 수 있고, 털이 있어야 바람과 추위를 막을 수 있다. 말은 풀을 뜯고 물을 마시고 자유롭게 뛰어다니는 것이 타고난 본성이다. 따라서 말에게는 예의라든가 규칙이라든가 화려한 집 따위는 필요 없는 법이다.

그런데 춘추시대에 백락이라는 사람이 나타나서 자기는 말을 잘 다룬다고 하면서 털을 태우

고 깎고, 여러 마리를 한 마구간에 묶어 두자
죽는 놈들이 나왔다. 게다가 말을 훈련시킨다
고 굶기고 물도 안 주고 마구 뛰게 했으며 재
갈을 물리고 채찍질했기 때문에 말들은 반이
나 죽게 되었다. 백락이라는 자가 나타나기 전
에는 그런 일이 없었지만 말 훈련사가 나타나
면서부터 말들은 수난을 겪게 된 것이다.

또 그 시대에 도공이 나타나서 "나는 진흙을

잘 다룬다. 둥글게 만들면 나침반에 맞고, 모
나게 만들면 자에 맞는다."고 말했다.

또한 한 목수가 나타나서 "나는 나무를 잘 다
룬다. 굽게 깎으면 곡척에 맞고 곧게 깎으면
먹줄에 맞는다."고 말했다.

하지만 진흙이나 나무의 성질이 어떻게 기술자
가 손대는 대로 나침반에도 맞고 자에도 맞으
며 곡척에도 맞고 먹줄에도 맞을 수 있겠는가.

백락이 말을 잘 다룬다고 칭찬하고, 도공과 목
수가 진흙과 나무를 잘 다룬다고 칭찬하는 것
은 바로 인의(仁義)로써 의롭게 천하를 다스리
는 사람을 가리켜 성인이니 현인이니 칭찬하
는 것과 다를 것이 없다. 정말로 천하를 잘 다
스리는 자는 그런 식으로 하지 않는다.

백성들에게도 본성이 있는 것처럼, 말이란 놈은 풀을 뜯고 물 마시며 놀다가 기쁘면 서로 목을 맞대고 비비고, 또 화가 나면 등을 돌려 서로를 차기도 한다. 말의 지혜는 그 정도의 수준에 불과하다.

그런데 그 말에 수레의 가로막대나 멍에를 씌○ ▯▮▯▯▯ ▮▯▯▯ ▯▯▯ ▯▯▯▯▯▯▯ 러뜨리고 멍에를 꺾으며 수레 장막을 찢고 재갈을 씹어 부숴 버리며 고삐를 물어 끊어 버린다. 그렇게 그것들을 파괴하는 데 자신의 지혜를 쓸 뿐이다. 하지만 파괴는 지혜가 아니다. 따라서 말의 지혜가 도둑처럼 된 것도, 본래 순종하는 말의 본성을 난폭하게 만든 것도 백락이 저지른 죄이다.

020
통치자는 공손하게 자리만 지키라

해뜨면 일하고 해지면 자는 내게
임금의 덕이 무슨 소용 있으랴

옛날 전설적인 제왕으로 알려진 혁서씨가 국
가를 다스릴 때 국민들은 집에서 할 일이 무엇
인지 몰랐다. 그리고 밖에 나가면 어디를 가야
할지도 몰랐다. 그저 잘 먹고 즐기며 배를 두
드리면서 행복하게 살았다. 그런데 성인이라
는 작자들이 나타나 예의라는 것을 만들어 내
어 사람들이 그 예의에 맞추어 살려고 비굴하
게 허리를 굽히게 된 것이다.

최고의 이상적인 통치자로 손꼽히는 요순의

왕들은 그저 자기 몸을 공손히 하고 왕 자리를 조용히 지키고만 있었을 뿐이었다. 그래서 그 시대에 살았던 한 노인이 부른 격양가의 가사 중에는 그 시대의 상황을 알려 주는 이런 내용이 들어 있다.

해 뜨면 일하고 해 지면 쉬며
우물 파서 마시고 밭 갈아먹는데
임금의 덕이 내게 무슨 소용이 있겠는가.

그렇게 태평성대를 누리고 있을 때 똑똑한 성인들이 나타나 어짊과 의리라는 것을 만들어 사람들로 하여금 불가능한 세상을 동경하게 만들었기 때문에 모두가 이득을 보려고 조급해지고, 서로 다투면서 세상에 싸움이 그칠 날이 없게 되었다. 그러니 그것은 또한 성인들이 저질러 놓은 큰 죄가 아니고 무엇이겠는가.

021
어짊과 인의도 세상을 구하지 못한다

갈고리를 훔치면 사형당하고
나라를 훔치면 왕이 된다

옛날 어진 사람으로 소문난 용봉이라는 자는
목이 잘려 죽었고, 비간이라는 자는 가슴이 깨
져 죽었고, 장홍이라는 자는 사지가 찢겨 죽었
으며, 자서라는 자는 시체가 강물에 던져졌다.
그들은 어짊으로도 목숨을 구하지 못했다. 그
래서 도둑의 무리들이 도척에게 "도둑에게도
도가 있습니까?" 하고 물었다. 그러자 도척이
말했다.

"어딘들 도가 없겠느냐? 대체로 감춘 보물을 미루어 짐작해 내는 것은 성(聖)이고, 발 빠르게 움직이는 것은 용(勇)이며, 맨 마지막에 늦게 나오는 것은 의(義)이며, 옳고 그름을 아는 것은 지(知)이고, 고르게 나누어 주는 것은 인(仁)이다. 이 다섯 가지를 갖추지 못하고 큰 도둑이 된 자는 세상에 없다."

이 말대로라면 사람이 성인의 도를 얻지 못하면 세상에서 살 수가 없고, 도둑조차도 성인의 도를 얻지 못하면 도둑질을 할 수가 없다. 그러나 세상에는 착한 사람보다는 악한 사람이 더 많아서 성인은 세상을 이롭게 하는 일보다 해를 끼치는 일이 더 많았다.

입술이 없으면 이가 시린 것처럼, 성인이 나타났기 때문에 큰 도둑이 생긴 것이다. 따라서 성인을 없애고 도둑을 풀어놓아야 비로소 천하가 다스려진다. 냇물이 마르면 계곡이 비고,

언덕이 무너지면 못이 메워지는 것처럼, 성인이 없어지면 큰 도둑도 없어져서 천하가 평화로워진다.

하지만 성인이 죽지 않으면 큰 도둑도 죽지 않는다. 만일 성인이 천하를 다스리게 되면 도둑들이 더 많아질 것이다.

사람들이 저울추와 저울대를 만들면 도둑들이 저울추와 저울대는 물론 저울에 다는 물건까지 모조리 훔쳐 가는 것처럼, 인의로 나라를 바로잡으려고 하면 도둑들은 그 인과 의까지도 훔쳐가고 말 것이다.

왜 그런가? 갈고리를 도둑질한 자는 그 죄로 죽음을 당하지만 나라를 통째로 도둑질한 자는 왕이 되기 때문이다.

그렇게 왕이 된 자는 인의까지도 훔쳤으니 다시 인의로 나라를 다스리려고 할 것이다. 이렇게 인의는 도둑들만 잘 살게 만든다. 그래서 그렇게 만든 성인들과 현자들에게 죄가 있다는 것이다.

따라서 성인들을 몰아내 지혜를 포기하면 큰 도둑들은 곧 사라질 것이다. 그것은 마치 옥과 진주를 깨뜨려 버리면 그것을 훔치는 좀도둑들이 없어지는 이치와 같다.

그대가 돈이 없으며 노욕심을 내야지 않고, 도둑들이 훔칠 것이 없으면 도둑질을 못하기 때문에 도둑이 없어질 것이 아니겠는가.

세상에 진실과 믿음을 보장하는 도장을 모두 없애 버리면 백성들이 모두 순박해질 것이고, 곡식을 재는 말이나 저울대를 없애 버리면 백성들은 다투지 않을 것이다.

천하의 모든 성스러운 법을 없애 버리면 백성들은 비로소 도를 찾으려고 할 것이다. 인의를 물리치면 천하의 덕은 도와 하나가 될 것이다.

022
지나친 칭찬과 비판을 삼가라

사람의 마음은 누르면 비굴해지고
추켜세우면 우쭐해진다

사람이 너무 기뻐하면 양기를 해치고 너무 화
를 내면 음기를 해친다. 음양이 나빠지면 계절
이 제대로 바뀌지 않고 춥고 더운 기온의 조화
가 어려워져서 큰 해가 닥치는 것처럼, 개인도
음양의 조화가 이루어지지 않으면 아무것도
할 수가 없게 된다.

사람은 눈이 밝으면 색채에 빠지게 되고, 귀가
밝으면 소리에 빠지고, 베풂을 좋아하면 덕을

어지럽히고, 너무 의리를 좇다 보면 이치에 어긋나는 일을 할 수밖에 없게 된다. 또한 지나치게 예의를 갖추다 보면 겉치레에 빠지고, 즐거움을 너무 밝히면 음탕해지기 쉽고, 성스러움을 너무 받들다 보면 허망에 빠지고 만다. 그리고 지식을 너무 따지다 보면 남의 잘못을 비판하는 데만 지나치게 된다.

그런데도 사람들은 그것들로부터 벗어나지 못하고 애써 그것들을 따르고 본받으려고 하니 내가 그것을 어떻게 말릴 것인가. 그래서 초나라의 현인 최구가 노자에게 천하를 다스리지 않고 사람의 마음을 착하게 할 수 있는 방법을 물었더니 노자가 이렇게 말했다.

"사람의 마음을 어지럽게 하지 말라. 사람의 마음은 누르면 비굴해지고 추켜세우면 우쭐해진다. 비굴해지거나 우쭐해지면 그 자체가 이미 구속된 것이고 떳떳하지 못하니 죽은 것이

나 같다. 사람의 마음은 강한 것을 부드럽게
하고 모난 것을 깎아 주고 가다듬기도 하며,
뜨거움은 불 같으나 차기는 얼음 같고, 변화도
빠르다. 마음은 가만히 두면 못물처럼 고요하
지만 흔들면 하늘로 치솟아서 그 광기를 아무
도 잡아 맬 도리가 없다. 그러니 만일 네가 사
람의 마음을 어지럽게만 하지 않는다면 세상
을 다스리지 않고도 사람을 착하게 만들 수 있
을 것이다."

023
지식과 학문을 너무 받들지 말라

지식만 찾고 도가 없으면
세상은 크게 어지러워진다

활이나 칼이나 도끼, 그물 따위의 사냥 도구가 만들어지면서 새들은 하늘을 불안하게 날게 되었고, 낚시, 미끼, 그물, 삼태기, 통발 등이 만들어지면서 물고기들은 평화를 잃게 되었으며, 산에 덫과 그물이 많아지면서 짐승들은 산에서 멀리 달아나게 되었다.

또한 교묘한 속임수가 늘어나고 음험한 중상모략과 교활한 말들과 우롱, 더러운 욕설과 무익한 궤변들이 많아지면서 세상은 헛되게 현혹되었다. 그래서 천하는 어두워지고 혼란은

더욱 커졌다. 그 모든 사태는 인간이 지식만을
너무 좋아한 탓이다.

 따라서 사람들은 잘 알지도 못하는 것을 찾을
줄만 알았지, 이미 알고 있는 것을 잘 쓸 줄 모
를뿐더러 무조건 악만 나쁘다고 말한다. 하지
만 선함 속에 위선과 기만이 숨겨져 있다는 사
실을 몰랐다. 그래서 세상이 더욱 어지러워질
수밖에 없었다.

그로 인해 해와 달은 빛을 잃고, 대자연은 조
화를 잃었으며, 자연스러운 계절의 순조로운
변화와 운행이 어긋나게 되었고, 작은 벌레에
서 큰 동물에 이르기까지 그 본성을 잃지 않은
것이 없게 되었다. 그 모든 것이 지식과 학문
을 섬긴 탓이다. 덕분에 순수하고 소박한 사람
들이 밀려나고 영혼과 몸을 망령되게 꾸민 자
들이 판치면서 보잘것없고 어리석은 것들이
세상을 차지하게 되었다.

024~031

무슨 일이든 쉽게 하려고 하지 말라

024
마음을 항상 고요하게 유지하라

눈으로 더 보려고도 하지 말고
귀로 더 들으려고도 하지 말라

어느 날 무위자연의 도를 깨달았다고 전해지는 광성자(廣成子)에게 황제가 찾아와 몸을 어떻게 다스려야 건강하게 오래 살 수 있느냐고 물었다. 그러자 광성자가 황제에게 이렇게 말했다.

"반드시 조용히 살게. 자네 마음을 걱정으로 채워서 괴롭히지 말게. 잡생각은 금물이네. 자네가 변덕이 심해서 하루에도 수없이 마음이 계속 바뀌고 갈팡질팡하면 마음이 지쳐서 어떻게 오래 살 수가 있겠는가. 특히 몸을 그렇게 함부로 마구 굴리지 말게. 그렇게 몸을 한시도 가만두지 않는데 몸이 어떻게 배겨날 수가 있겠는가. 눈으로 더 많이 보려고 하지 말고, 귀로 더 많이 들으려고 하지 말며, 마음으로 너 많이 느끼려고 하지 말세. 그렇게 볼 것도 많고, 들을 것도 많아, 신경을 곤두세우고 살면서 어찌 오래 살기를 바라겠는가.

특히 마음을 고요한 늪처럼 두게. 그렇게 화를 내고 기뻐하고 울면서 어찌 오래 살기를 바라는가. 그렇게 갖고 싶은 것이 많아서 욕심을 내고 그걸 다 가지려고 머리를 쥐어짜는데 어떻게 건강할 것이며, 어찌 오래 살기를 바라는가. 내 말대로만 하면 자네는 나처럼 될 것이네. 나는 1,200년이나 살았지만 지금도 이렇게 튼튼하게 살고 있지 않은가."

025
무슨 일이든 쉽게 하려고 하지 말라

잔꾀를 부리면 천성이 비뚤어지고 참된 도를 깨달을 수 없다

자공이 길을 가다가 한 노인이 밭일을 하고 있는 것을 보았다. 노인은 밭에 물을 주기 위해 물동이를 들고 깊은 우물로 내려가서 물을 길어다 밭에 뿌리는 일을 계속하고 있었다. 자공은 노인이 힘들게 일하는 모습이 딱해서 말했다.

"어르신, 용두레라는 물 퍼 올리는 농기구가 있습니다. 그걸 쓰면 이런 밭쯤은 하루에 백이랑도 물을 쉽게 줄 수 있는데 왜 이렇게 힘들게 일을 하시고 계십니까?"

그러자 노인이 자공에게 물었다.

"그 용두레가 어떻게 생겼소?"

"나무의 한쪽을 파서 물을 담고, 다른 한쪽 끝은 무겁게 만들어서 우물에 넣어 물을 푸면 물을 넘치게 풀 수 있는 아주 편리한 농기구입니다."

그러자 밭을 매던 노인이 웃으면서 말했다.

"자네 말도 옳긴 하네. 하지만 사람이란 기구가 있으면 반드시 꾀를 부리게 되어 있네. 꾀를 부리자면 어떻게 편할까 요령을 쥐어짜느라 잔머리를 굴릴 것이네.

그렇게 잔머리를 굴리다 보면 머릿속이 온통 잔꾀로만 가득 차게 되고, 그렇게 되면 순수한 마음을 잃게 되고, 순수한 마음을 잃으면 타고난 천성이 비뚤어지고, 천성이 비뚤어지면 도를 깨달을 수가 없게 되지 않겠는가.

내가 용두레를 몰라서 안 쓰는 것이 아니라 그
것을 쓰면 내가 도를 깨달을 수 없게 되는 것
이 부끄러워서 그러는 것이네. 사람들이 저마

다 자기 하나도 제대로 다스리지 못하면서 어찌 천하를 다스리겠다고 나서는가. 그러니 여보게, 내 일을 방해나 하지 말고 어서 가 보게."

026
자신의 어리석음을 깨달으라

다수라고 무조건 옳지 않고
소수라고 무조건 그르지 않다

효자는 부모에게 아첨하지 않고, 충신은 왕에게 아첨하지 않는다. 그래서 사람들은 그를 효자라 일컫고 충신이라 불러 주는 것이다. 부모나 왕의 말과 행동이 반드시 옳은 것은 아니다. 세상 사람들이 모두 그렇게 알고 있다고 해서 나도 그렇게 알고 있고, 세상에서 좋은 일이라고 해서 어디서나 좋은 일로 통하는 것은 아니다.

또한 세상 사람들에게 모두 통하는 일이라고
해서 모두 부모나 왕의 생각보다 더 옳고 소중
하다고 말할 수도 없다. 사람들은 남들이 자신
에게 세속과 영합해서 살고 있다고 비난하거
나 남에게 아첨을 많이 떤다고 말하면 불끈 화
를 내게 된다.

그래서 어떤 반응을 느끼게 하는 내는 사람은 성반
아첨꾼일 수도 있다. 어떤 사람은 교묘한 말이
나 비유로 뭇 사람들의 마음을 사로잡기도 한
다. 하지만 교묘하고 아름다운 말은 이치에 맞
지 않는 경우가 많다.

사람들이 멋진 옷으로 맵시를 내고 용모를 잘
꾸미는 것도 다른 사람에게 잘 보이려고 아첨
하고 있는 것이나 마찬가지인데도 그런 사람
들은 다른 사람에게 잘 보이는 것이 인기에 영
합하거나 아첨하는 것이 아니라고 애써 변명
을 하고 있다.

이웃과 한패가 되어 이것은 옳고 저것은 그르다고 떠들어 대면서도 자기만은 그들과 한패가 아니라고 말하는 사람이 있다. 그것이야말로 어리석음의 극치라고 말할 수 있다. 자신의 어리석음을 깨닫고 있는 사람은 크게 어리석은 사람이 아니다. 자신이 어딘가에 깊이 빠져 있다는 것을 깨닫고 있는 자 역시 크게 빠진 자는 아니다. 정말 깊이 빠진 사람은 평생 그 속에서 헤어나지 못하는 사람이며, 평생 어리석음을 깨닫지 못한 자야말로 크게 어리석은 자이다.

세 사람이 함께 길을 갈 때 한 사람이 길을 잘
몰라도 목적지까지 도착할 수 있다. 길을 모르
는 사람보다 아는 사람이 더 많기 때문이다.
그러나 셋 중에서 두 사람이 길을 잘 모르고
한 사람만 잘 알면, 헛수고만 할 뿐 목적지에
도착할 수가 없다. 길을 모르는 사람이 아는
사람보다 더 많기 때문이다.

지금 이 세상은 거의 모든 사람이 나쁜 경향에
깊이 빠져 있어서 비록 나 혼자만 옳아도 그
목적지에 도착할 가망이 없으니, 어찌 슬픈 일
이 아닐 수 있겠는가.

027
순서와 절차를 무시하지 말라

하늘은 높고 땅은 낮은 것처럼
자연에는 순서와 서열이 있다

왕이 앞서 가면 신하가 그 뒤를 따라가고, 부
모가 앞서면 자식이 그 뒤를 따라가고, 형이
앞서면 동생이 그 뒤를 따라가고, 어른이 앞서
면 젊은이가 그 뒤를 따라가고, 남편이 앞서면
아내가 그 뒤를 따라가는 것이 세상의 당연한
이치이다.

이것은 하늘이 높고 땅이 낮은 것처럼, 자연의
서열과 같은 것이다. 봄과 여름이 지나면 가을

과 겨울이 그 뒤에 오는 것이 사계절의 당연한 절차이자 순서이다. 만물이 변하고 태어나고 죽는 것은 자연의 흐름과 같은 것인데, 하물며 사람에게 도는 어떻겠는가.

종묘에서는 친척을 존중해야 하고, 조정에서는 지위와 서열을 존중해야 하며, 마을에서는 나이를 존중하고, 어떤 일에는 지혜롭고 어진 사람을 존중하는 것이 도리이다.

그렇다면 임금은 어디에 마음을 써야 할 것인가? 하소연할 데 없는 백성들을 무시해서는 안 되고, 가난한 백성을 버려서는 안 되며, 죽은 자에 대해 슬퍼하고, 어린 아이는 귀여워해야 하며, 아내를 가엾게 여겨야 하는 것이 왕이면 마땅히 해야 할 일이 아니겠는가.

028
진리를 책에서만 배우려고 하지 말라

삶의 지혜를 터득한 사람은
정작 아무 말도 하지 못한다

사람들은 진리를 책에서만 찾으려 든다. 하지만 책이라는 것은 사람들이 한 말을 기록해 놓은 데 불과할 뿐이다.

그러나 어떻게 사는 것이 잘 사는 것인가는 말로는 할 수가 없다. 그런데 사람들은 마치 자신이야말로 잘 사는 방법을 가장 잘 알고 있는 것처럼 책을 써서 사람들에게 알려 주려 든다. 하지만 그런 책은 읽을 필요가 없다. 세상의 모든 사람들에게 해당되는 잘 사는 방법이라는 것은 없기 때문이다.

우리 눈에 보이는 것은 사물의 모양과 빛밖에 없다. 그리고 들어서 알 수 있는 것은 사람들이 사물에 붙인 명칭과 소리뿐이다. 그러므로 사물의 모양이나 빛, 명칭이나 소리로는 사람이 ㄱ ㄱ ㅣㅣㅣ ㅣ ㅣ ㅣ ㅣㅣㅣ ㅣㅣ 없다. 옳게 사는 법을 잘 알고 있는 사람은 정작 침묵을 지키고 있는데 잘 사는 법을 잘 모르는 사람들이 더 많이 떠들고 있으니 사람들이 어떻게 그 진실을 알 수 있겠는가?

제환공이 대청 위에서 책을 읽고 있는데 한 기술자가 마당에서 수레바퀴를 만들고 있었다. 기술자가 망치와 끌을 놓고 제환공에게 물었다.

"환공은 무슨 책을 읽고 계십니까?"

그러자 환공이 말했다.

"성인들이 써 놓은 말씀을 읽고 있네."

"그 성인은 지금 살아 계십니까?"

"이미 돌아가신 지 오래된 분이네."

"그럼 죽은 사람이 남긴 말의 찌꺼기나 읽고 계시는군요."

"내가 무슨 책을 읽든 말든 네가 웬 참견이냐?"

"제가 평생 동안 수레바퀴를 깎으면서 경험한 것을 통해서 말씀드리겠습니다. 수레바퀴를 깎을 때 느리게 깎으면 헐렁해지고 너무 빨리 깎으면 빡빡해져서, 그 속도를 맞추기가 무척 어렵습니다. 따라서 제 손의 깎는 속도가 알맞게 되려면 마음의 속도와 똑같아져야 하기 때문에 평생 수레를 깎아야만 그 속도를 겨우 알 수 있을까 말까 합니다.

이처럼 저는 어느 정도로 깎아야 하는가를 말

로서는 할 수가 없기에 제 아들에게 그걸 가르칠 수가 없고, 제 아들 역시 제게서 그것을 배울 수가 없습니다. 그래서 제 아들놈도 저 스스로 마음의 속도와 손의 속도가 맞아 익숙해질 때까지 연마를 하는 수밖에 없는 것입니다. 저는 나이가 칠순이 넘었는데도 수레바퀴 깎는 일을 계속하여 몸소 실천하며 해 나가고 있습니다. 따라서 옛 성인도 저와 똑같이 자신이 깨달은 바를 제자들에게 하나도 전하지 못하고 죽었을 것입니다. 그러니 환공께서 읽으시는 것도 옛 성인의 껍질이나 겨우 읽고 있는 것이 아니겠습니까?"

예부터 글은 말을 다 전할 수 없고, 말은 뜻을 다 전할 수 없다고 했다. 따라서 인식하기보다는 체험을 중요시해야 하고, 이론보다는 실제를 중요하게 여겨야 한다.

029
남이 한다고 따라서 하지 말라

원숭이에게 사람 옷을 입혀 준다고
원숭이가 사람 같아 보이겠는가

바다를 건너려면 배를 타야 하고, 육지를 가려면 수레를 타야 한다. 그런데 어떤 사람들은 배를 타고 육지를 가려고 한다. 그런 사람이 평생 동안 단 한 치의 거리도 갈 수 없는 것은 당연한 이치이다.

노나라는 주나라에서 시행되는 모든 제도를 따라서 하려고 했지만, 그것은 결국 배를 타고 육지를 가려고 하는 것과 같아서 아무리 노력

을 해도 할 수가 없었다. 나라마다 예의나 법
도, 제도가 다른 법이다. 그것은 마치 아가위,
배, 귤, 유자의 맛이 다른 것처럼 사람에 따라
입맛이 다른 것과 같다. 예의나 법도는 때에
따라 변하는 것이다.

원숭이에게 사람의 옷을 입혀 주면 반드시 옷
을 쥐어뜯고 물어뜯고 찢어 버려야 속이 시원
할 것이다. 사람의 옷을 원숭이가 입을 수는

없다. 그런데 사람들은 원숭이에게 사람 옷을 입히고 있다.

당대의 미인 서시는 심장병을 앓고 있어서 늘 가슴을 움켜쥐고 눈을 찌푸리고 다녔다. 그래도 서시는 그 모습이 보는 사람의 눈에 무척 아름다웠다. 마을의 못생긴 여자들은 서시의 그 모습이 너무 아름다워서 흉내를 내려고 모두들 가슴을 움켜쥐고 눈살을 찌푸리고 다녔다. 그래서 그 모습이 더욱 흉측해서 마을 사람들은 모두 문을 닫아걸고 나오지 않았다. 못생긴 여자들은 서시의 눈살 찌푸리는 모습이 좋아 보였을 뿐, 서시가 왜 눈살을 찌푸려야 했는지 그 까닭을 몰랐던 것이다.

030
타고난 본성대로 살게 하라

까막까치는 알에서 태어나고
물고기는 물 속에서 자란다

백예라는 새는 암놈과 수놈이 서로 눈을 한 번
마주치면 암놈이 새끼를 갖게 되고, 어떤 벌레
는 수놈이 바람이 불 때 위에서 노래를 부르면
아래 있던 암놈이 새끼를 갖게 되고, 어떤 짐
승은 한 몸에 암수 양성을 갖고 있어서 저절로
새끼를 갖게 되기도 한다.

까막까치는 알에서 태어나고, 물고기는 물거
품에서 자라며, 나나니벌은 뽕나무 벌레에 알

을 낳아 그 유충을 먹고 자란다.

이렇게 이 세상의 모든 생명의 존재는 본래부
터 본성을 갖고 태어난다. 따라서 그 각자의
본성은 아무도 바꿀 수가 없으며, 그 운명 역
시 하늘에서 타고 났기 때문에 바꿀 수가 없는
법이다. 사람 역시 시간을 멈출 수 없는 것처
럼 타고난 본성을 버릴 수 없고, 살아가는 도
리 역시 거역할 수가 없는 법이다.

031
보검은 꺼내 쓰지 말라

지혜와 재능이 있어도 쓰지 말고
자연의 이치와 순리에 따르라

자신의 결백을 남에게 알리기 위해 강물에 투신자살하는 사람이 있다. 그들은 몸이 대체로 마른 편이고 신경이 예민하고 늘 고상한 생각만 해서 뭇 사람들과는 달리 행동하기를 좋아하는 편이다. 또한 남을 탓하는 일이 많고, 대체로 본인을 높게 평가하는 경향이 있다. 그런 사람은 혼자 산 속에서 외롭게 살아야지 군중의 리더가 되어서는 안 된다.

우리 주위에는 늘 세계의 평화를 위해서 어떻게 해야 한다는 둥 거대한 대의명분을 입버릇처럼 외치는 사람들이 있다. 그런 사람들은 대체로 학자가 많고 인자하고 의롭고 충직한 사람들을 좋아한다. 그래서 자기 자신도 검소하고 겸손하게 살기 위해 자기 수양을 많이 쌓는 사람이다.

정치가들은 대체로 위대한 사람의 이름을 입에 올리고 공적을 내세운다. 그들은 인간의 상하관계를 따지고 예의를 따지며 명분을 중요시한다. 그런 사람들은 정계에서 일하면 적성에 맞는다. 그들은 항상 자기 윗사람을 잘 따르고 존경하며 늘 국가의 부국강병을 주장하며 이웃 적국을 지배하고 통제하려는 의지가 다른 사람보다 유난히 강하다.

하지만 그런 역동적인 사람들과는 달리 인적이 드문 숲이나 강이나 들판에서 한가하게 낚시나 즐기며 아무 일도 하지 않고 사는 사람들이 있다. 그런 사람들은 번잡한 도시 생활에 적응하기 어렵기 때문에 속세를 피해서 살아야 한다.

그들은 대체로 찬 바람을 들이마시고 따뜻한 바람을 내쉬는 등, 신선한 호흡을 즐기며 자기 건강을 위해서 수행자들처럼 영적 기운을 끌어들이는 도술을 행하는 일이 많다. 그런 사람들은 이 세상에서 무엇보다 오래 사는 것을 가장 큰 가치로 여긴다.

이렇게 세상에는 온갖 종류의 사람들이 산다. 따라서 만일 신경이 좀 무디고, 유별나게 고상하게 굴지 않으며, 인자하거나 의롭지도 않고, 또 자기 공적이나 이름도 내세우고 싶어하지 않는 사람이 있다면, 그는 퍽 잘 사는 사람 축에 든다.

만일 멀리 한적한 곳을 찾지 않고, 번잡한 도

심에서 살면서도 외롭고 한가하게 살 수 있거나, 영적 기운을 받으려고 도술을 하지 않으면서도 건강하게 오래 살 수 있다면 그 사람이야말로 사람답게 사는 방법을 아는 사람이 아닌가 싶다.

그럼 어떤 사람을 성인군자라고 부를 수 있는가. 세상의 온갖 번뇌에서 벗어나서 ㅜ··에서 기쁨에 사로잡히지 않고, 자신의 미덕과 장점을 드러내지 않는 사람, 그리고 한가롭고 적막하게 자연과 벗하며 사는 경지에 있는 사람이야말로 성인군자라고 할 수가 있다.

성인군자는 어떤 일에도 마음을 쓰지 않는다. 마음을 쓰지 않으면 평정을 얻고, 평정을 얻어 담담해지면 걱정 근심이 없어지고 나쁜 기운이 그 마음속에 스며들 수가 없다. 그는 복을 불러오는 선행을 하지 않고 화를 자초하는 악도 행하지 않는다.

그저 어떤 일이나 저절로 감동이 오면 감동을
받되, 사물이 몸에 부딪쳐 와야 움직일 뿐이
며, 부득이한 경우가 아니면 나서지 않으며,
지혜와 재능이 있어도 쓰지 않고 하늘과 자연
의 이치에 따를 뿐이다.

성인은 미리 계획하지도 않고, 미리 생각하지
도 않으며, 수확을 예측하면서도 기대하지 않
으며, 잠잘 때는 꿈도 꾸지 않고 근심도 없다.
오직 순수한 정신과 건강한 영혼을 유지하고
있을 뿐이다.

그것은 마치 어떤 사람이 오나라나 월나라에
서 만든 지극히 좋은 칼을 갖고 있으면서도 그
칼을 칼집 속에 넣어 잘 간직해 둔 채 감히 사
용하지 않는 것과 같다. 그것은 칼이 너무 보
배롭기 때문이다.

032~039

타고난 천성에 만족하라

032
큰 것을 먼저 깨달으라

여름 벌레가 겨울의 얼음을
어찌 말할 수가 있겠는가

황하강이 세상에서 가장 큰 물줄기라고 여긴
황하의 신, 하백은 어느 날 강을 따라 북해에
갔다가 끝없는 바다를 보고 낯빛이 바뀌면서
탄식을 했다. 그러자 북해의 신, 약이 하백에
게 이렇게 말했다.

"우물 안 개구리는 우물 안이 세상의 전부인
줄 알기 때문에 바다를 말할 수 없고, 여름 벌
레는 여름이 계절의 전부인 줄 알기 때문에 겨
울에 얼음이 언다는 것을 도무지 깨달을 수가
없다. 하물며 배움이 얕은 시골 선비가 어찌

갈히 다를 만할 수 있겠느키

하지만 자넨 북해를 본 후에 자네의 판단이 잘
못되었다는 것을 깨닫게 되었으니 이제 자넨
내 말을 알아들을 수 있게 되었네. 모든 강물
은 바다로 흘러들어가지만 바닷물이 영원히
바다에 머물러 있는 것이 아니네. 바다는 사시
사철 계절이 바뀌어도 혹은 장마나 가뭄에도
조금도 줄지도 않고 넘치지도 않네.

저 큰 바다가 하늘과 땅 사이에 있다는 것은
개미구멍이 큰 연못 속에 있는 것과 같지 않
은가. 그것은 중국 땅이 사해 바다에 있다는

것이 벼 이삭 하나가 큰 창고에 있다는 것과 같은 말이며, 그것은 사람의 경우에도 해당되는 것이네. 사람도 우주의 만물에 비하면 큰 몸통에 붙어 있는 털끝 하나와 무엇이 다르겠는가.

중국의 다섯 황제가 대물림을 하고 하나라, 은나라, 주나라 3대의 왕들이 서로 이웃 나라를 정벌하고 지배하려고 온갖 노력과 수고를 아끼지 않은 것들이 도대체 무슨 의미가 있겠는가.

백이는 왕권을 포기해서 큰 명예를 얻었고, 공사는 육경을 깨우쳐 박학한 학자가 되었네. 그래서 자네는 그들이 대단한 인물이라고 여기겠지만, 잘 생각해 보게. 자네가 황하에 살다가 북해를 보고 황하가 보잘것없는 강이라고 깨닫게 된 것과 무엇이 다르단 말인가."

033
지혜로 모든 것을 헤아리라

사람은 평생을 살아도
세상의 일부분만을 알 뿐이다

큰 지혜를 가진 사람은 멀리도 보고 가까이도 보기 때문에, 작다고 하찮게 여기지 않고 크다고 대단하게 여기지도 않는다. 지혜로운 사람은 과거, 현재, 미래를 통찰하며, 시간이란 인간이 빨리 가게 할 수도, 느리게 가게 할 수도, 결코 멈추게 할 수도 없다는 것을 알고 있기 때문에, 오래 산다고 걱정하지도, 빨리 죽는다고 슬퍼하지도 않는다.

사람은 평생을 살아도 세상의 일부만을 겨우

깨달을 뿐이고, 세상의 대부분을 모른 채 죽
는다. 그러므로 사람은 뭔가를 좀 안다고 자랑
해서는 안 된다. 그가 아는 것은 세상의 지극
히 일부분이기 때문이다.

우리가 이 세상에서 사는 시간은 우리가 태어
나기 이전에 이미 존재했던 시간과는 비교조
차 할 수 없을 만큼 짧은 시간에 불과한 뿐
이다. 영겁의 세월에 어찌 인간이 사는 시간을
비교할 수가 있겠는가.

또 우주의 크기에 비하면 우리가 사는 땅은 티
끌만도 못하다. 그래서 대체로 작은 것은 큰
것의 전체를 볼 수가 없고, 큰 것은 작은 것을
세밀히 볼 수가 없다. 특히 형상이 없는 마음
이나 느낌이나 영혼 같은 것은 크고 작은 것조
차 구별이 안 된다.

대들보로 쓰는 나무로는 성벽을 파괴할 수는
있어도 구멍을 뚫을 수는 없다. 모든 도구는

용도가 다르기 때문이다. 명마는 하루에 천릿
길을 달릴 수 있어도 쥐는 한 마리도 잡지 못
하고, 살쾡이는 천 리는 못 달리지만 쥐는 잘
잡지 않는가. 그것은 기능이 다르기 때문이다.
수리부엉이는 밤에는 벼룩도 잡고 티끌의 움
직임도 살필 수 있지만, 낮에는 눈을 아무리
부릅떠도 앞산도 볼 수가 없다. 그것은 성질이
다르기 때문이다.

도를 깨달은 사람도 그와 같다. 도인은 남을

해치지 않고 남에게 은혜를 베풀지만 드러내
지 않으며, 재물을 얻으려고 애쓰지 않지만 굳
이 사양하지도 않는다. 남의 도움을 바라지도
않고, 탐욕적이고 불결한 사람도 천대하지 않
으며, 세상의 어떤 높은 지위도 바라지 않지만
치욕적인 형벌로 남을 욕되게 하지도 않는다.
이 사람은 남과 시비하지 않고 내세며, 밝고 깨끗도
없고, 처음도 끝도 없다.

034
타고난 천성에 만족하라

노래기는 뱀을 부러워하고
뱀은 바람을 부러워한다

소처럼 생겼으나 뿔도 없고 발 하나 달린 푸른 빛을 띤 이상한 짐승이 낙엽 밑에서 기어다니는 노래기에게 말했다.

"나는 발이 하나뿐이어서 걷지 못하는데 발이 많아서 빨리 가는 자네를 보니 부럽네. 어떻게 그렇게 빨리 기어갈 수가 있는가?"

그 말을 듣고 노래기는 "나야 타고난 대로 걸을 뿐이라네." 하고 말했다.

그 다음에 노래기가 뱀을 보고 물었다.

"나는 여러 개의 마디발로 기어가지만 발도
없는 자네는 나보다 더 빠른 것을 보니 부럽기
만 하네. 어떻게 자네는 그럴 수가 있는가?"

그러자 뱀이 말했다.

"나는 발 없이 기어다니도록 타고났는데 그
까닭을 내가 어찌 알겠는가?"

그러나 뱀은 또 뱀대로 부러워하는 것이 있었
다. 그것은 바람이었다. 뱀이 바람에게 이렇게

묻는다.

"나는 몸속의 등뼈와 갈빗대를 움직여서 기어가지만 자네는 형체도 없는 것이 북해에서 남해까지 그렇게 빨리 이동을 할 수 있으니, 도대체 어떻게 해서 재주가 그처럼 뛰어난가?"

그러자 바람이 말했다.

"나는 거칠 것이 없어서 큰 나무도 꺾어 버리고 큰 집도 날려 버릴 수 있지만, 사람이 손가락으로 날 찔러도 손가락을 부러뜨릴 수가 없고 발로 날 밟아도 발을 날려 버릴 수가 없어서 안타깝기만 하다네."

이처럼 타고난 천성과 제능은 바꿀 수가 없다. 각기 하늘로부터 받은 것대로 부러워하지 말고 살아야 한다. 유교의 안빈낙도(安貧樂道), 즉 가난을 편안히 여기는 것도 일종의 하늘의 분수를 지키자는 것이다.

035
우물 안 개구리가 되지 말라

모기가 태산을 짊어질 수 없으며
노래기가 황하를 건널 수 없다

공손룡이 위나라 공자를 찾아가서 물었다.
"저는 어려서부터 선생님의 가르침을 받았고,
커서는 인의를 지키고 도에도 밝았으며 지혜가
높아서 어떤 사람도 제 말을 이겨 본 적이 없었
습니다. 따라서 저는 스스로 크게 통달했다고
자부하고 살았습니다만 요즘 장자의 말씀을 들
어보면 제 식견이 아직도 부족해선지, 아니면
지혜가 모자라서인지 도무지 입을 열 수가 없
어서 깊은 절망에 빠지고 말았습니다. 선생님,
장자가 어떤 자인지 말씀해 주십시오."

그러자 공자가 말했다.

"어느 날 개구리 한 마리가 동해의 자라에게 '나는 우물 밖 난간 위로 뛰어 올라가기도 하고, 우물 속의 깨진 돌 위에서 쉬기도 하며, 물 속에서 턱을 물 위로 쏘옥 내밀기도 한다네. 우물 안이야말로 내 세상이고, 내 재주는 장구벌레나 게나 올챙이 따위가 따를 수 없지. 그런데 너는 왜 내 모습을 구경하러 오지도 않느냐?' 고 말했다. 그래서 동해의 자라가 개구리에게 이렇게 말했다. '내가 사는 바다는 천 리나 되는 자로도 그 넓이를 잴 수가 없고, 천 길이나 되는 자로도 그 물길의 깊이를 잴 수가 없다. 우왕 때는 10년 동안에 홍수가 9번이나 났지만 바닷물의 양이 한 치도 늘지 않았고, 탕왕 때는 8년 동안에 7번이나 가뭄이 들었으나 바닷물이 한 치도 줄지가 않았다.' 고 말했다. 그랬더니 우물 안의 개구리는 그 말을 듣고 깜짝 놀라서 정신을 잃었다.

장자의 말을 이해하기란 모기가 산을 짊어지고 가는 것과 같고, 노래기라는 벌레가 황하를 건너가는 것과 같아서 네가 감당할 수가 없을 것이다. 대체로 지극히 지혜로운 말은 궤변으로 한때의 명성과 이득에 만족하는 저 우물 안의 개구리와 같지 않다. 너무나 심대해서 밝은 동서남북 사방으로 통달해 있고 그 뜻을 헤아릴 수 없어서 우주의 근본에서 시작하여 자연의 대도에 이르고 있다.

그러니 네 하찮은 식견으로 어찌 그 깊은 뜻을 헤아릴 수가 있겠느냐. 그것은 마치 대롱으로 하늘을 바라보거나 송곳으로 땅을 찔러 보는 격이 아니냐. 네가 장자를 배우면 그것도 이해할 수 없을 뿐만 아니라 본래 나한테서 배운 것들조차 잃어버리게 될 터이니, 그것이 문제이다."

036
함부로 남을 흉내내지 말라

전국시대에 유행의 도시였던 조나라 수도 한
단에서 걸음걸이가 아주 멋진 사람이 있었다.
연나라 수릉이라는 청년이 바로 그 멋진 걸음
을 배우려고 한단에 왔다. 그러나 그 청년은
그 걸음을 열심히 배우지도 않고 그럭저럭 한
단에 머물면서 시간을 보낸 후에 중도에서 그
만두고 고향으로 돌아가게 되었다. 그가 고향
에 돌아왔을 때는 한단의 걸음도 제대로 걷지

새로운 것을 배우기보다는
알고 있는 것을 잊지 말라

못하고 본래 그가 고향에서 걷던 걸음걸이도 ▓▓▓▓▓▓▓▓▓▓▓▓

오늘날에도 사람들이 타국에 가서 무엇인가를 제대로 배우지도 않고 얼치기로 흉내만 내고 돌아와서 자기들이 마치 전문가인 것처럼 남을 비방하고 헐뜯기만 하는 일이 많다. 한단지보(邯鄲之步)라는 고사성어는 그래서 생겨났다.

037
봉황의 웅지를 품으라

썩은 쥐를 움켜쥐고 있는 솔개는 봉황이 그것을 노리는 줄로 안다

혜자가 양나라의 재상으로 있을 때 장자가 그를 찾아가 면회를 청했다. 그때 한 사람이 혜자를 모함하면서 "장자가 재상의 지위가 탐이 나서 당신의 자리를 노리고 있는 것 같습니다."하고 말했다. 장자는 그 말을 듣고 혜자를 찾아가서 이렇게 말했다.

"남쪽에 봉황이라는 새 한 마리가 사는데 그 새가 어떤 새인지 아시오? 그 봉황은 남해에서 북해로 날아가는데, 가는 동안 오동나무 위가 아니면 쉬지를 않고, 대나무 열매가 아니면

먹지를 않으며, 단물이 나오는 샘이 아니면 마시지도 않는 새요.

그 새가 높이 날아가는데 그때 마침 썩은 쥐를 움켜쥐고 있던 솔개 한 마리가 봉황이 날아가는 모습을 보더니 빼앗길까 봐 놀라서 '꾸엑' 하는 소리를 내면서 썩은 쥐를 가슴에 숨기더란 말입니다.

밖에서 들으니 내가 당신의 재상 자리를 노리고 있다는 소리가 들리던데 바로 그게 그 말이 아니겠습니까?'

038
자신을 먼저 알고 남을 보라

자신의 마음을 미루어 보면
남의 마음을 알 수 있다

장자와 혜자가 함께 호수의 다리를 거닐고 있
었는데, 장자가 물 속의 고기 떼들을 보더니
이렇게 말했다.

"저 피라미가 나와 함께 한가롭게 놀고 있네
그려. 저 모습이야말로 물고기의 즐거움이 아
니겠는가?"

그 말에 혜자가 대답했다.

"자넨 물고기도 아니면서 어찌 물고기의 즐거
움을 아는가?"

그때 장자가 말했다.

"그러는 자네는 나도 아닌데 어떻게 내가 물고기의 즐거움을 모른다고 생각하는가?"

"본래 나는 자넬 모르네만, 자네가 본래 물고기는 아니잖은가. 그러니 자네가 물고기의 즐거움을 모르는 것은 확실하지 않은가?"

"그렇다면 처음부터 다시 얘기해 보세. 자네가 처음에 물고기의 즐거움을 어떻게 아느냐고 물었던 것은 이미 내가 물고기의 즐거움을 안다고 여겼기 때문에 물었던 것이 아닌가? 나는 지금 이 호수의 다리 위에서 저 호수 속의 물고기와 하나가 되어 그들의 마음을 통해서 그 즐거움을 알고 있는 것이라네."

장자가 말하는 절대적인 경지에 이르면 사람은 사물과 마음의 일치를 이룰 수가 있기 때문에 자신의 마음을 미루어 보면 남의 마음을 살펴볼 수 있다. 단순히 형식의 논리만으로는 참된 인식을 가질 수 없는 것이다.

039
좋아하는 것만 밝히지 말라

좋아하는 것들의 대부분은
육감을 만족시키는 것들이다

이 세상에서 참된 기쁨이 무엇인지는 알 수가
없다. 또한 무엇을 의지하고 살아야 하며, 무
엇을 피하고 무엇을 원하며, 무엇을 좋아하고
무엇을 미워하고 살아야 하는지도 분명히 알
수는 없다.

대체로 사람들은 부귀영화나 장수와 명예를
바란다. 그리고 안락한 삶과 좋은 음식과 멋진
옷, 훌륭한 집을 바라고, 가난과 비천함, 단명
과 악명을 꺼린다. 또한 질병과 고통을 멀리하
려 한다.

사람들은 싫은 것은 꺼리고 멀리하지만, 좋아
하는 것들은 얻지 못해서 안달을 한다. 하지만
좋아하는 것들은 모두 허망하게 썩어 없어질
육체를 만족시키기 위한 것들이 대부분이다.
그래서 좋아하는 것들만 밝히는 사람을 어리
석다고 말하는 것이다.

돈을 쌓아 둔 채 다 써 보지도 못하고 세상을
떠나는 일이 많다. 그들이 평생 재물을 얻으려
고 그토록 애써 수고한 땀과 노력에 비하면 그
들이 재물을 통해 누리는 행복이나 기쁨은 너
무나 작다. 고작 그 작은 기쁨을 누리기 위해
부자들은 그토록 혼신의 힘을 다해 돈을 버는
것이다.

우리는 태어나면서부터 근심과 고통 속에서
산다. 그런데도 사람들은 오래 살기를 간절히
바란다. 하지만 사람이 장수로 누리는 기쁨은

오래 살면서 고통스러웠던 시간에 비하면 너무 짧다. 그러므로 오래 살려고 애쓰는 것은 어리석은 일일 뿐이다.

춘추시대 오나라의 충신 자서(子胥)는 왕에게 불의를 지적했다가 죽음을 당하고 말았다. 이렇게 목숨을 건 사람들은 세상에서 칭송을 받지만 자기 목숨을 살릴 수는 없다. 그러므로 그런 일을 하기 전에 헛된 명예심을 바라고 하는 행동은 아닌지 생각해 볼 일이다. 헛된 명예를 위해 목숨을 버리기보다는 '진실한 뜻으로 간청해도 통하지 않거든 순종하고 다투지나 않는 것'이 낫다.

명예를 얻으려는 목적으로 다른 사람과 겨루거나, 분별없는 집단 광기에 휘말려서 떼죽음을 당하는 것은 어리석은 일이다. 그러므로 진정한 기쁨은 세속적인 기쁨을 초월하고, 진정한 명예는 세속적인 명예를 초월해야 한다.

040~047

몸과 마음을 똑같이 돌보라

040
죽음을 당당하게 받아들이라

내 아내는 지금 천지간의
큰 방에서 편히 자고 있네

장자의 아내가 죽었을 때 혜자가 문상을 갔다. 그런데 장자는 두 다리를 쭉 뻗고 밥 짓는 그릇을 두드리며 크게 노래를 부르고 있었다. 혜자는 어처구니가 없어서 물었다.

"자네 부인은 자네와 함께 자식을 기르고 온갖 고생을 함께 하며 살다가 죽었는데 울지도 않다니 그럴 수가 있는가? 혹시 울지 않을 수는 있겠지만 밥 짓는 그릇을 두드리며 노래를 부르는 것은 너무 심하지 않은가?"

그러자 장자가 이렇게 말했다.

"아내가 죽었는데 어찌 내가 슬프지 않겠는가. 하지만 내 아내가 태어나기 전에는 본래 이 세상에 없었던 모수이었고, 그래서 본래 형체도 없었으며, 그래서 기(氣)도 없이 흐리고 아늑한 곳에 섞여 있다가 차츰 기와 형체가 생겨 생명을 갖추었다가 이제는 다시 바뀌어 죽어서 가는 곳으로 간 것이 아닌가. 그것은 계절이 봄, 여름, 가을, 겨울이 차례로 바뀌는 것과 같지 않은가.

이제 내 아내는 하늘과 땅 사이의 큰 방에서 다시 평화롭게 잠들어 있네. 그런데 내가 슬프게 큰 소리를 내서 운다면 나 자신이 하늘의 운명을 받아들이지 못하는 것이 아니겠는가."

041
능력에 맞는 일을 찾으라

짧은 두레박으로는
깊은 물을 긷지 못한다

작은 자루로는 큰 물건을 담을 수 없고, 짧은 두레박으로는 깊은 우물의 물을 퍼 마실 수가 없는 법이다.

옛날 한 마리의 바닷새가 노나라의 교외 지역으로 날아들었다. 그러자 노나라의 왕은 그 바닷새를 종묘에 데려가서 환영 잔치를 베풀고, 순나라 왕이 즐겨 듣던 음악을 연주해 주고, 양과 돼지고기 등 최고의 요리를 차려 주었다.

하지만 그 바닷새는 그런 환대를 받고도 눈을 잘 못 뜨고 걱정과 슬픔에 잠긴 채, 고기 한 점, 술 한 잔도 먹지 않다가 사흘 만에 죽고 말았다. 노나라의 왕이 새를 자신의 방식대로 대했기 때문이었다.

바닷새는 깊은 숲에 데려다가 잘 쉬게 하고, ▒▒▒▒▒▒▒▒▒▒▒▒▒▒▒▒▒▒▒▒▒며, 다른 새들과도 어울려 놀게 해 주는 것이 잘해 주는 것이다. 그런 새에게 환영 잔치가 무슨 소용이고, 먹지 않는 산해진미가 무슨 필요가 있으며, 사람도 듣기 힘든 음악을 연주해 주는 것이 무슨 소용인가. 그러니 그 새가 살 재간이 없는 것은 당연한 일이다.

그래서 옛 성인들도 사람에 따라 능력의 차이가 있다는 것을 알고 모든 사람을 일률적으로 대하지 않았으며, 모든 일을 적성에 맞게 맡겼다.

042
한 가지 일에만 집중하라

세상은 넓고 할 일은 많지만 나는 오직 매미만 잡을 뿐이다

공자가 초나라로 갈 때 숲 속에서 꼽추 한 사람이 매미를 잡고 있었다. 그는 마치 묘기를 부리는 것처럼 손으로 매미를 주워 담고 있었다. 공자는 그 모습이 너무 신기해서 물었다.
"참 잘도 잡는데 무슨 비결이라도 있는 거요?"
그러자 꼽추가 대답했다.

"물론 비결이 있지요. 오뉴월에 거미줄을 둥글게 뭉쳐서 만든 공 두 개를 장대 끝에 얹고 떨어뜨리지 않으면 매미를 잡는 데 큰 도움이 됩니다. 실수는 더러 있지만요. 하지만 공 세 개를 얹고 떨어뜨리지 않으면 실수는 10분의 1쯤으로 줄어들고, 다섯 개를 얹고 떨어뜨리지 않으면 매미를 마치 줍듯 잡을 수 있습니다. 나는 몸을 고목처럼, 팔은 나뭇가지처럼 벌린 채 움직이지 않습니다. 세상은 넓고 잡을 것은 많지만, 나는 오직 매미밖에 잡을 줄 모릅니다. 나는 매미를 잡을 때는 몸을 꼿꼿이 세운 채 주위에 한눈을 팔지 않고 오직 매미의 날개에만 시선을 집중합니다. 그러면 다른 것들은 내 눈에 들어오지 않습니다. 그러니 어찌 매미를 놓칠 수가 있겠습니까."

043
몸과 마음을 똑같이 돌보라

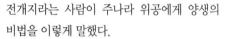

안에 있어도 숨지 않고
밖에 있어도 뽐내지 않는다

전개지라는 사람이 주나라 위공에게 양생의
비법을 이렇게 말했다.

"노나라에 단표라는 사람이 살았는데 그 사람
은 바위굴 속에 은거하면서 물만 마시고 속세
의 사람들과 이득을 놓고 한 번도 다투는 일이
없었습니다. 그래서 그는 나이 70이 되었지만
얼굴빛이 아이 같았습니다. 하나 그는 어느 날
불행하게도 굶주린 호랑이를 만나 잡아먹히고
말았습니다. 또한 장의라는 사람은 고위층이
나 가난한 서민을 가리지 않고 두루 통할 만큼

인격이 높았는데 나이 40에 속병을 앓다가 죽었습니다.

단표는 마음의 수양은 쌓지 않고 몸만 잘 보살피다가 호랑이한테 그 몸을 바친 꼴이 되었고, 장의는 마음의 수양은 잘 쌓았지만 그만 몸을 돌보지 않았기 때문에 그 몸이 질병의 공격을 받아 죽게 된 것입니다. 이 두 사람은 모두 자신에게 부족했던 점을 돌보지 않았기에 그런 불행을 당한 것입니다.

그래서 공자님께서 '정신을 돌보는 데만 몰두해서 몸을 망치거나, 몸의 건강에만 너무 신경을 써서 마음을 소홀히 하지 마라. 안에 있어도 숨지 말고 밖에 있어도 잘난 체하지 마라. 어느 한쪽으로만 기울지 말고 나무같이 한가운데 서서 중심을 지켜라. 이 세 가지만 잘 지킨다면 양생의 도는 극치에 이른다.' 고 말씀하신 것입니다."

044
겉치레를 좋아하지 말라

쌀겨를 먹고 사는 것이
죽는 것보다 훨씬 낫다

축관이 제사에 쓸 제물을 준비하려고 예복을 입고 돼지에게 가서 말했다.

"너는 죽기를 마다할 이유가 없다. 나는 세 달 동안이나 너를 잘 길렀다. 그리고 열흘 동안 내 몸을 깨끗이 씻고 사흘 동안 부정을 피하여, 너를 잡아서 요리한 다음 네 어깨살과 엉덩이살을 잘 베어내어 신에게 바치려는 것이다. 그만하면 너는 큰 대우를 받으며 죽는 것인데, 서러울 것이 무엇이냐?"

하지만 사람들은 이런 돼지를 보고 '그래도 죽
는 것보다는 쌀겨나 지게미를 먹더라도 돼지
우리 안에서 사는 것이 낫다.'고 말하곤 한다.
그러나 자신의 경우는 다르게 생각한다. 사람
들은 크게 출세해서 죽을 때 좋은 관 속에 들
어가 장례식을 치르지 못할 바에야 구질구질
하게 사는 것보다 죽는 것이 낫다고 생각하는
것이다. 돼지를 보면서는 죽는 것보다 구차하
게라도 사는 것이 좋다고 생각하면서도, 자신
의 경우에는 다른 생각을 하니 알 수 없는 일
이다.

045
덕을 갖추라

덕을 갖춘 닭들은
싸움에서 늘 이긴다

기성자라는 사람이 왕의 구경거리를 위해 싸움닭을 기르고 있었다. 왕은 새로 기르고 있는 싸움닭들의 투계가 몹시 보고 싶어서 기성자에게 닭이 싸울 만큼 컸느냐고 재촉을 했다. 그러자 기성자가 이렇게 대답했다.

"아직 멀었습니다. 닭들은 지금 겉으로만 사나운 척하면서 헛기운을 뽐낼 뿐입니다."

열흘이 지나 왕이 다시 묻자, 이렇게 대답했다.

"아직 멀었습니다. 닭들은 다른 닭의 소리만

들어도 덤비려고만 할 뿐입니다."

변훈매 기기 벵시 퇴시 뮌저 이뭏게 내냅뱌나

"아직 멀었습니다. 다른 닭을 보면 눈싸움을
하면서 화를 내고 있을 뿐입니다."

열흘이 지나 왕이 다시 물었을 때 이렇게 대답
했다.

"이젠 싸울 만합니다. 다른 닭들이 성이 나서
덤비는데도 우리 닭들은 마치 나무로 깎아 만
든 닭처럼 조금도 기세가 흐트러지지 않고 있
습니다. 그래서 다른 닭들이 두려워서 달아나
고 맙니다. 이제야 우리 닭들이 덕을 갖추었기
때문에 한번 싸워 볼 만합니다."

046
타고난 기질을 꾸준히 연마하라

재능을 살려 꾸준히 연마하면
그것이 곧 천성이 된다

어느 날 공자가 여량이라는 곳으로 놀러갔다. 그곳은 높이가 30길이나 되는 폭포에서 떨어지는 물길이 40여 리나 흐르고 있었다. 그곳은 물고기나 자라도 헤엄을 칠 수 없는 험악한 곳이었다. 바로 그때 한 남자가 그 물 속으로 뛰어들었다.

공자는 그가 살기가 고통스러워서 자살하려는 줄 알고 제자들에게 그를 구해 주도록 했다. 제자들이 물길을 따라 뛰어갔지만 놀랍게도 그 남자는 물 속에서 거뜬히 나와서 머리를 말리며 노래를 불렀다. 공자가 그 남자에게 다가가서 물었다.

"□ □□□ □□□ □□□ □□ □□□ □□□기에 처음에는 귀신인 줄 알았소. 헤엄치는 솜씨가 보통이 아닌데 무슨 비결이라도 있소?"

그러자 그 남자가 대답했다.

"제겐 별다른 비결이 없습니다. 저는 타고난 재능을 살려 꾸준히 연마한 덕분에 헤엄치는 일이 지금은 천성이 되었으며, 그 기질이 더욱 연마되어 천명을 완성한 것입니다.

저는 물의 소용돌이 속으로 들어갈 때는 밀려 들어가는 물길을 타고 들어갔다가 물길에 몸을 맡겨서 다시 밀려나오는 물길을 타고 자연스럽게 나오기 때문에 애써 힘쓰는 일이 없습니다. 그것이 제가 어디서나 자유자재로 헤엄치는 방식입니다."

"타고날 때부터 선천적인 기질을 연마해서 천명을 다해 완성했다는 말이 무슨 뜻인가?"

"땅에서 태어나서 땅에서 사는 게 편하다면 그렇게 타고났다는 뜻이며, 물 속에서 태어나서 물 속에서 사는 것이 편하다면 그것이 바로 천성이라고 할 수 있겠습니다만, 저는 땅에서 태어나 헤엄을 칠 줄 모르면서도 지금은 연마를 잘해서 마치 물 속에서 태어난 것처럼 물이 편하게 되었으니 이걸 어찌 천성이 아니라고 할 수 있겠습니까?"

047
최고가 되려면 마음부터 수양하라

욕심을 비우고 일에 몰두하면
그 일이 신의 경지에 이른다

노나라의 자경이라는 목수는 나무를 깎아서 쇠북받침을 만들었는데 그 솜씨가 너무 정교해서 도저히 사람이 만들었다고 할 수가 없을 정도였다. 그래서 노나라 왕이 그 신기에 놀라서 그렇게 잘 만들 수 있는 비법이 무엇이냐고 물었다. 그러자 자경이 말했다.

"저는 쇠북받침 제작에 들어가기 전에는 먼저 기운을 축적해 둔 다음, 저 자신을 엄격하게

다루어 마음의 평안을 갖습니다. 그렇게 3일
을 보낸 후에는 작품을 만들어서 큰 상을 받겠
다거나 큰돈을 받아야겠다는 마음이 사라지게
됩니다.

그 다음에 5일 동안을 더 수양하면 내가 만든
작품에 대해서 남에게 비방을 들으면 어쩌나
하는 걱정이 사라지고, 그것으로 명예를 얻겠
다는 졸렬한 마음도 품지 않게 됩니다.

그렇게 7일을 보내면 제 몸에 손과 발이 있다
는 것조차 까맣게 잊게 됩니다. 그때는 내가
하는 일로 권세를 누리고 싶다는 마음이 사라
지고, 오직 내 장인의 교묘한 기술을 발휘하겠
다는 것에만 마음의 집중이 이루어져서 다른
모든 유혹으로부터 자유롭게 됩니다.

그렇게 마음의 수양을 다짐한 후에야 저는 비
로소 작업에 들어갑니다. 그렇게 하지 않으면
저는 처음부터 아예 시작도 하지 못할 뿐만 아

니라, 시작한 후에도 도중에 그만두어야 합니다. 그래야만 비로소 제 마음과 나무의 마음이 하나가 되는 것이며 그때 비로소 사람들이 제 작품을 보고 신의 경지에 이르렀다는 말을 하게 되는 것입니다."

048~055

대자연의 법칙에 따르라

048
지혜를 내세워 시비를 가리지 말라

눈이 있어도 보지 못한 것처럼
귀가 있어도 듣지 못한 것처럼

노나라의 손휴라는 사람은 스승 자편경자를 찾아가서 이렇게 하소연했다.

"저는 고향에서 인격이나 품행이 나쁘다는 말을 한 번도 안 듣고 살았습니다. 그리고 어려운 고비가 닥칠 때마다 용기가 없다는 말을 들어보지 않고 살았습니다. 하나 농사를 지으면 번번이 흉작일 뿐만 아니라, 왕도 지극정성으로 섬겼지만 때를 잘못 만나 출세할 기회도 얻

지 못했으며, 고향에서는 사람들의 미움을 받
아 쫓겨나기까지 했습니다. 제가 하늘에 무슨
죄를 지었기에 이런 불행한 운명에 처했는지
정말 모르겠습니다. 스승님께서 가르쳐 주십
시오."

그러자 자편경자가 손휴에게 말했다.

"너는 지금까지 군자가 어떻게 처신하고 살아
야 하는지를 몰랐구나. 군자는 자기의 간과 쓸

개까지도 남에게 내줄 각오가 되어 있어야 한다. 눈이 있고 귀가 있어도 세상의 속된 것을 보지도 듣지도 못한 것처럼 살아야 하고, 안 되는 일을 억지로 애써 이루려고 아득바득해서도 안 되는 법이다.

특히 어떤 일에 성공을 했더라도 자기 능력을 과신해서는 안 되며, 그 성공을 자기 공로로 삼아서도 안 된다. 그런데 자네는 늘 자신의 지혜로움을 내세워 어리석은 사람들을 몸 둘

바를 모르게 만들었고, 자신이 높은 수양을
쌓았다고 해서 남의 잘잘못을 밝은 대낮처럼
드러내거나 시시비비를 가리려고만 하지 않
았느냐?

그러면서도 네가 지금까지 남들로부터 큰 화
를 당하지 않고 단지 고향에서 쫓겨난 것만으
로도 다행이 되겠거늘 바야흐로 네가 이와 이렇
게 허물이 많은 네가 어찌 감히 하늘을 원망할
자격이 있느냐?"

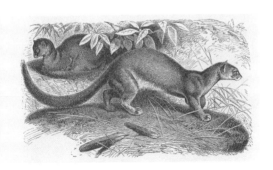

049
대자연의 법칙에 따르라

명예를 얻으면 비난을 받고
어리석으면 속임을 당한다

어느 날 장자가 산 속에서 가지가 크고 잎이 무성한 큰 나무 밑에서 쉬고 있는 한 나무꾼을 만났다. 장자는 나무꾼에게 이렇게 좋은 나무를 지금까지 왜 베지 않았느냐고 물었다. 그러자 나무꾼은 "이 나무는 별로 쓸모가 없습니다."라고 말했다. 이 말을 듣고 장자는 "쓸모가 없었기에 지금까지 살아남을 수 있었군." 하고 말했다.

곧이어 장자는 산에서 내려와 친구의 집에서

하룻밤을 묵게 되었다. 그 친구는 장자가 찾아 오자 너무 기뻐서 하인에게 집에 있는 기러기를 잡아서 요리를 해오도록 시켰다. 그러자 하인이 주인에게 물었다.

"집에는 잘 우는 놈과 안 우는 놈, 두 마리가 있는데 어떤 놈을 잡아 올릴까요?"

'위로, 울지 않는 기러기를 잡아라'고 말했다.

그 다음 날 제자들이 장자에게 물었다.

"어제 산에서 본 나무는 쓸모가 없었기에 베이지 않았고, 이 집의 기러기는 울지 않았기에 목숨을 잃게 되었습니다. 스승님께서는 어느 쪽이 옳다고 생각하십니까?"

그러자 장자가 제자에게 말했다.

"나는 쓸모가 있기도 하고 쓸모가 없기도 한 바로 그 중간이 좋다고 말하고 싶다. 그 말은 얼핏 들으면 중용을 말하는 것과 비슷하지만 사실은 그것을 참된 도라고는 말할 수 없다.

따라서 화를 면할 길은 없다.

대체로 도덕을 내세우며 사는 사람들은 명예 따위도 무시하려 들지만 그렇다고 남의 비방을 듣고 싶어하지도 않는다. 그들은 어느 때는 용이 되었다가 또 어느 때는 뱀이 된다. 그렇게 경우에 따라 기회를 잘 포착해서 자신의 모습을 계속 바꾼다. 그런 사람들은 어느 것 한 가지에만 집착하거나 내세우는 일이 없다.

올라가야 할 때는 올라가고 내려가야 할 때는 잘도 내려간다. 그렇게 무슨 일에나 잘 적응하고 사는데 화를 당할 이유가 있겠느냐. 그것이야말로 신농 황제의 법칙이라고 말할 수 있다. 하지만 세상의 이치란 반드시 그런 것만은 아니다.

사람은 만남이 있으면 이별이 있고, 명예를 얻
으면 한편으로는 비난을 받아야 하고, 모난 돌
은 정을 맞아야 하고, 명성이 높아지면 미움도
많아지는 법이고, 돈이 많으면 시샘을 받아야
하고, 일을 성사시키면 깨지기도 하고, 어질면
음모를 받으며, 어리석으면 속임수를 당해야
한다. 그런데 어떻게 쓸모가 있다고 해서 시름
당하지 않을 수가 있으며, 쓸모가 없다고 해서
화를 면할 수가 있겠느냐.

결국 어느 쪽이든 재앙을 피할 수는 없는 법이
다. 그래서 이 세상은 슬픈 것이 아니겠느냐.
그러니 너희들은 잘 기억해 두어라. 무슨 일에
나 시비를 초월하여 대자연의 대도를 걷는 자
만이 화를 면할 수 있다는 것을."

050
권력을 잡으려면 권력을 잊으라

국민 위에 군림하지도 말고
국민에게 지배받지도 말라

초나라의 현인 의료가 노나라 왕을 만났을 때 왕의 얼굴에는 큰 근심이 서려 있었다. 의료가 왕에게 무슨 걱정이 있느냐고 묻자 왕이 이렇게 말했다.

"나는 선대의 왕들로부터 도를 배우고 선군들로부터 업을 닦았소. 신을 공경하고, 현명한 사람들을 존경했으며, 적의가 있는 사람이라도 친교를 나누면서 행동을 신중히 하여 잠시

라도 흐트러짐이 없이 국정을 베풀었건만, 이 나라에는 온갖 어려움과 재난이 그치지 않고 있으니 어찌된 일인지 그 까닭을 알 수가 없소."

그러자 의료가 말했다.

"여우와 표범이 낮에는 숲이나 굴 속에 엎드 ████ ████ ████ ████ ████ ██ ████ 것은 적을 경계하기 위함입니다. 그들은 비록 목이 마르고 배가 고파도 인적을 피해서 한적한 강이나 호숫가에서 먹이를 찾아 헤맵니다. 그렇게 조심하고 경계하면서도 사람의 덫이나 함정에 걸리는 운명을 피할 도리가 없습니다. 그것은 그들에게 죄가 있어서가 아니라 사람들이 좋아하는 아름답고 부드러운 털과 가죽을 갖고 있기 때문입니다.

그렇다면 폐하가 가진 가죽은 무엇이겠습니까? 폐하에게는 노나라가 바로 표범의 가죽

같은 존재입니다. 그러니 폐하는 우선 노나라를 잘 다스려 보겠다는 욕심부터 버리시고 속마음을 깨끗이 닦아내셔야 합니다. 사람들이 이상적인 국가로 일컫는 건덕이라는 나라의 백성들은 어리석지만 소박하여 욕심 없이 삽니다. 그들은 농사를 지을 줄만 알지 쌓아 둘 줄을 모르며, 남을 퍼주기만 했지 갚으라는 말을 몰랐으며, 의로움이라는 말이 무슨 뜻이며 예의라는 것이 어디에 써먹는 것인지도 몰랐지만 대자연의 법도를 따라 삶을 즐기고 죽으면 편하게 장례를 치렀습니다.

이제 폐하께서는 노나라를 마음속에서 지우시
고 속세의 일들도 잊으십시오. 왕의 지위를 믿
고 위세를 부리려고 한다거나, 사치스러운 대
궐을 위한 비용도 줄이셔야 합니다. 권력에 대
한 집착을 버려야 참된 권력을 쥐게 됩니다. ▪▪▪▪▪▪ ▪▪▪▪▪ ▪▪▪▪▪▪▪▪▪ ▪▪ ▪▪▪▪▪ ▪▪▪▪ ▪▪▪
당하지도 않는 강한 군주가 되어야 합니다. 그
렇게 하시면 근심이 사라질 것입니다."

051
자기 공로를 내세우지 말라

곧은 나무는 먼저 베이고
좋은 우물은 빨리 동난다

공자가 초나라 소왕의 초대를 받아 가는 도중
에 진나라와 채나라 사이에서 포위되어 7일간
이나 식사를 못 하고 죽을 지경이 되었다. 그
때 태공이 공자를 찾아가서 말했다.

"자네는 죽기 싫은가?"

공자는 그렇다고 말했다. 그러자 태공이 이렇
게 말했다.

"동해에 의태라는 새가 살고 있네. 그 새는 잘

날지 못해서 자기들끼리 날개를 서로 부추겨 주면서 날고 떼를 지어서 깃들곤 한다네. 날 때는 앞장서지 않고 물러설 때는 뒤에 처지지 않고, 먹을 때는 남보다 먼저 먹지 않고, 반드시 남이 먹다 만 찌꺼기만 먹는다네. 그래서 그 새는 다른 새들과 함께 날아갈 때는 배척당하지 않네. 떼로 그 새는 끼리서 싫어 때문에 사람들이 잡지도 않아서 화를 면하는 것이네. 곧은 나무는 다른 나무들보나 먼저 베이고, 물맛이 좋은 우물은 빨리 바닥이 드러나지 않는가. 내가 보기에 자네는 지식이 높아서 늘 어리석은 사람들을 놀라게 하고, 많은 덕을 쌓았기에 남의 잘못을 곧잘 들추어내어 자신의 모습을 해나 달처럼 항상 환하게 드러내고 있으니 어찌 재난을 면하지 않을 수가 있겠는가.

전에 노자가 '스스로 공로를 높이는 자는 공로를 잃고, 명예를 얻은 자가 그 명예를 계속 써먹으려고 하다간 결국 망신만 당한다.' 라고 한 말이 생각나네. 어리석은 사람들은 자기 공로와 명예를 절대로 남에게 돌리려고 하지 않는 법이네.

그러니 유명해지려고 하지 말고, 공덕을 남에게 돌리며, 마음을 깨끗이 비우고 행동을 올곧게 하여 자신의 흔적을 없애고, 권력과 명예를 좇지 말고, 남을 꾸짖지도 말고 남에게 꾸지람도 받지 말아야 하네. 그런데 자네는 지금까지 어땠는가?"

그 말을 들은 후부터 공자는 사람과의 교제도 끊고, 허름한 옷을 입고, 도토리와 밤만 먹고 살았다. 그 후부터는 짐승들이나 새들도 공자만 보면 좋아했는데 하물며 사람들은 어찌 좋아하지 않을 수 있었겠는가.

052
시기와 조건을 잘 살피라

느나무에서 새차늘 무리던 원숭이도 가시나무에서는 벌벌 떤다

어느 날 장자가 누추한 베옷마저 드문드문 꿰매 입고 삼으로 만든 헤어진 신발을 신고 위나라 혜왕을 찾아갔다. 혜왕이 깜짝 놀라서 "선생님께서 어디가 편찮으시기에 그렇게 누추하고 초라한 행색을 하고 계십니까?" 하고 물었다.

그때 장자는 이렇게 말했다.

"나는 가난한 것이지 결코 병 든 것이 아닙니

다. 선비가 덕을 갖추고도 실천하지 못하면 누추한 것입니다. 가난한 것은 결코 초라한 것이 아닙니다. 나는 아직 때를 못 만났을 뿐입니다.

폐하께서는 원숭이를 못 보셨습니까? 원숭이가 굴거리나무나 가래나무나 녹나무처럼 번듯한 나무에서는 그 재주가 너무 비상하여 예나 봉몽 같은 활쏘기의 명수라도 그 원숭이를 맞힐 수가 없습니다. 하지만 원숭이가 산뽕나무나 가시나무나 탱자나무 같은 가시가 돋친 나무 위에 매달려 있을 때는 곁눈질로 살피고 벌

벌 떨면서 두려워합니다.

그것은 원숭이가 어디 아파서 그런 것이 아니라 처해진 환경이 나빠서 자기 재주를 충분히 발휘하지 못하기 때문입니다.

지금처럼 못된 왕과 신하들이 나라를 잘못 다스리는 세상에서는 어떤 선비도 누추하고 초라악 수발에 있지 않겠습니까? 그것은 저 은나라의 충신 비간이 주왕에게 곧은 말을 하다가 가슴이 찢겨 죽음을 당한 것을 보아도 잘 알 수 있는 일입니다."

053
순응하는 것이 가장 안전하다

제비가 처마에 집을 짓는 것은
그곳이 가장 안전하기 때문이다

어느 날 공자가 제자 안회에게 이렇게 말했다.

"어떤 사람이 부귀영화를 누리고 높은 지위를 차지하게 된 것은 운 좋게도 때를 잘 만나 세상 일이 순조롭게 돌아가서 그렇게 된 것이지, 그 사람이 본래부터 그렇게 살 운세를 갖고 태어난 것은 아니다. 따라서 사람의 운명은 필연적인 것이 아니라 우연히 그렇게 된 것이다.

특히 군자는 재물이나 권력이나 명예를 빼앗거나 훔쳐서는 안 된다. 그런데 어떤 사람이 군자라고 자청하면서도 재물과 권력과 명예를

갖고 있다면 그 이유는 무엇인가? 혹자는 그
것을 이렇게 비유해서 말한다.

'새 중에 제비보다 더 지혜로운 새는 없습니
다. 제비는 제 집 짓기가 마땅치 않은 곳이라
는 생각이 들면 비록 입에 물고 있던 것을 놓
치더라도 뒤도 돌아보지 않고 달아납니다. 제
비 시▒▒ ▒▒▒▒▒▒▒. ▒▒▒▒ ▒▒▒
사람이 사는 집 처마에 집을 짓는 것은 사람의
집처럼 안전한 곳이 없기 때문입니다. 그것은
곧 사당을 모신 사람이 그 집을 두고 다른 곳
으로 이사를 갈 수 없는 이치와 같습니다.'

그렇다면 군자는 재물과 권력과 명예를 멀리
해야 하지만 그런 것들 속에서 안주하는 것이
가장 안전하기 때문에 그것들과 가까이 있는
것이라고 볼 수 있지 않겠느냐?

사람이 이 세상에 살게 된 것은 자연의 이치에
따라 태어나서 사는 것이다. 그리고 사람이 사

는 이 세상도 결국은 자연의 조화에 따라 생겨
난 것이다. 때문에 사람은 대자연에 순응하고
사는 것이 마땅한 일이다. 그러나 사람들은 때
때로 대자연을 거슬러 산다. 자신의 욕심에 집
착하기 때문이다.

하지만 성인은 이미 그런 대자연의 이치를 통
달했기 때문에 항상 편안하게 자연의 변화에
몸을 맡긴 채 삶을 마치기 때문에 하늘과 그
뜻이 통할 수 있는 것이다."

054
눈앞의 이익에만 몰두하지 말라

흙탕물만 보면서 사는 사람은
맑은 면낯이 있다는 것늘 모른다

어느 날 장자는 밤나무 숲에서 이상한 까치 한 마리가 남쪽에서 날아오는 것을 지켜보았다. 까치의 날개는 넓이가 7척이나 되고, 눈동자의 크기도 직경이 한 치나 되었다. 그 까치는 장자의 이마 위를 거의 스치고 날아가 밤나무 숲에 겨우 앉는 것이었다. 그때 장자는 속으로 생각했다.

"저 새는 도대체 어떤 새이기에 저렇게 큰 날개를 갖고도 높이 날지 못하고, 그 큰 눈을 갖

고도 사람도 못 보는가. 하마터면 나와 부딪칠
뻔하지 않았는가. 그래, 저 새를 잡아 보자."

장자는 곧 팔을 걷어붙이고 활을 잡아 새를 향
해 겨냥하고 있었다.

바로 그때 자세히 살펴보니 그 이상한 까치 옆
에는 매미 한 마리가 넋을 잃고 노래를 부르고
있었다. 그런데 바로 그 옆에는 한 마리의 사
마귀가 나뭇잎에 숨어서 그 매미를 잡아먹으
려고 노려보고 있는 중이었다. 그런데 그 사마
귀 옆에는 아까의 그 이상한 까치가 그 사마귀
를 잡아먹으려고 눈독을 들이고 있었다. 그런
데 장자는 그 이상한 까치를 잡으려고 노리고
있었던 것이다. 바로 그 순간 장자는 크게 놀
랐다.

"아아, 이 세상은 모든 것들이 서로 이해관계
로 얽혀 있구나."

장자는 곧 활을 버리고 돌아섰다. 바로 그때

밤나무 파수꾼이 장자가 밤 서리를 하려고 온 도둑인 줄 알고 노리고 있다가 욕설을 마구 퍼부었다. 장자는 집에 돌아온 후 3개월 동안 출입을 하지 않았다. 그러자 제자 안차가 이유를 물었더니 장자가 말했다.

"나는 사물에 마음이 빼앗겨 나 자신을 잊고 살았다. 늘 흙탕물만 보고 사느라 맑은 연못이 있다는 것을 잊었던 것처럼 말이다. 내가 언젠가 스승 노자에게 물었더니 '세속에서 살려거든 세속과 잘 어울려 살라.' 고 말씀하셨는데, 지금 생각해 보니 내가 마치 새장 속에서만 살다가 내가 새라는 것을 잊었고, 밤나무 숲에 갔다가 이상한 까치를 만나서 내가 누군가를 깜박 잊었던 것 같다. 그래서 나는 밤나무 파수꾼에게 도둑의 누명을 쓰고 욕설을 들은 후에 내가 한 행동을 뉘우치느라고 한동안 출입을 삼갔던 것이다."

055
잘난 척하지 말라

얼굴이 예뻐도 미워 보이고
얼굴이 미워도 예뻐 보인다

진나라 사람 양자가 송나라의 여관에 묵게 되었다. 그 여관 주인에게는 여자가 둘이 있었는데 한 여자는 인물이 예쁘게 생겼고, 한 여자는 밉게 생겼다. 그런데 주인은 미운 여자를 귀여워했고, 예쁘게 생긴 여자를 천대했다. 양자가 주인에게 그 이유를 물었더니 양자가 이렇게 말했다.

"예쁜 여자는 자기 미모를 너무 과시해서 예쁜 줄을 모르겠고, 밉게 생긴 여자는 자기 스

스로 인물이 못났다는 것을 알고 마음의 덕을
쌓은 탓인지, 나는 그 아이가 미운 줄을 모르
겠습니다."

그러자 양자가 말했다.

"제자들아, 잘 들어 두어라. 너희들도 행실이
어질고 바를지라도 다른 사람 앞에서 스스로
어질고 바른 척하지 말고, 아는 것이 많아도
남들 앞에서 잘난 척하지 말거라. 그렇게만 하
면 누군들 사랑을 받지 못하겠느냐?"

056~063

겉만 보지 말고 속을 살피라

056
겉만 보지 말고 속을 살피라

변화하는 겉모습이 아니라
그 현상 안에 도가 존재한다

"선생님께서 도를 말씀하시면 저도 도를 말했
고, 선생님께서 걸으시면 저도 걷고, 선생님께
서 뛰시면 저도 뛰었습니다. 하지만 선생님께
서 천마를 타고 먼지 하나 일으키지 않고 하늘
을 달릴 때 저는 그저 눈만 크게 뜬 채 바라보
기만 합니다."

안연의 말에 공자는 다음과 같이 말했다.

"사람에게는 육체의 죽음보다 마음의 죽음이

더 큰 슬픔이 된다. 해가 동쪽에서 떠서 서쪽으로 지고 있다는 것은 이 세상의 만물이 모두 그 기준에 맞추어 삶의 방향이 결정된다는 뜻이다.

해가 떠야 사람들의 삶이 시작되고 해가 져야 삶이 끝난다. 그것은 해가 떠야 세상이 존재한 나름 뜻이므로 해가 없으면 이 세상도 없는 셈이다. 사람뿐만 아니라 대자연의 이치나 조화도 거기서 예외가 아니다. 대자연의 삶과 죽음도 인간처럼 해에 달려 있는 것이다.

사람이 해의 조화에 따라 육체를 받은 이상, 그 조화를 바꾸어서는 안 된다. 따라서 사람은 대자연에 자신의 몸을 맡겨 거기에 순응하고 살면 된다. 그래서 나는 나 자신을 매일 자연에 맡기고 살고 있다.

하나 너는 그런 나의 겉모습만을 보고 따라서 하려들 뿐 네 눈에 보이지 않는 속 깊은 뜻을 헤아리지 못하고 있다. 잘 들어보아라. 도는 변화하는 겉모습의 현상에 머물러 있는 것이 아니라 변화하는 현상 속에 참된 도가 존재한다. 그래서 너는 내 가르침이 눈에 보이는 듯하다가 잠깐 동안에 저만치 뒤에 처져 있다는 것을 느끼게 된다. 있는 힘을 다해서 배우고 쫓아오지만 다 배웠다 싶으면 그 목표가 저 앞에 다시 있어서 끝내는 쫓아갈 방법이 없는 것 같아 보인다. 그것이 바로 도가 딱 정해진 채 머물러 있는 것이 아니라는 뜻이다.

그것은 마치 네가 말을 사러 시장에 가는 도중에 시장까지 가지 않고 말을 사려고 하기 때문에 생기는 결과와 같다. 그러니 내 가르침도 때가 지나면 마음속에 붙박이처럼 담아 두지 말고 빨리 잊어야 한다. 내 말에 잘 따르는 것도 빨리 잊어야 한다. 너는 그것이 무척 걱정이 되겠지만 사실은 별거 아니다. 왜냐하면 네가 나를 잊는다 해도 내게는 불변의 내가 늘 존재하고 있기 때문이다."

057
대자연의 이치를 깨달으라

해와 달은 계속 바뀌고
밤과 낮도 계속 바뀐다

공자가 노자를 만나러 갔을 때 노자는 감은 머리를 햇볕에 말리는지 꼼짝 않고 앉아 있었다. 공자는 노자의 그 모습이 사람 같아 보이지 않았다. 잠시 후에 공자는 노자에게 말했다.

"제가 잠깐 홀렸는지 선생님의 몸이 마치 마른 나무 같아 보였을 뿐만 아니라 그 모습이 마치 절대적인 경지에 홀로 계신 것 같아 보였습니다."

그러자 노자가 말했다.

"참된 도는 아무리 알려고 애써도 마음만 괴로울 뿐 알 수가 없고, 아무리 나타내려고 해도 입만 벌어질 뿐 말할 수가 없다. 하지만 내가 널 위해 특별히 그 뜻을 대략만 말해 주겠다. 음기는 차고 양기는 뜨겁다. 음기는 하늘에서 나오고 양기는 땅에서 나오니, 이 둘이 서로 조화를 이루어 이 세상의 만물을 만들었다.

이 모든 엄청난 일들을 주관하는 전능한 신이 있는 것 같은 한데 형체를 볼 수가 없으니 안타까울 뿐이다. 세상에는 계절이 순환하고 있고, 만물은 생성했다가 사멸하며 해와 달은 계속 바뀌고 밤과 낮도 바뀌는데 자연이 왜 그런 조화를 부리는 것인지 누가 알랴.

삶이 태어나는 곳이 있으면 죽음으로 되돌아가는 곳이 있지 않으냐. 이처럼 생과 사의 반

복은 끝이 없다. 물론 그럴 만한 이유가 있겠
지만 그것이 언제까지 그럴 수 있는 것인지는
누가 알겠는가. 바로 그런 도를 아는 자가 아
니라면 누가 감히 절대자라고 말할 수 있겠느
냐?"

058
세상을 크게 읽으라

늘이 흐르는 본성을 타고난 것처럼
군자의 깨우침도 저절로 타고났다

공자가 노자에게 절대적인 도의 경지에 이르
는 길을 묻자 노자가 말했다.
"초식동물은 숲과 초목지에서만 살아야 하고,
물벌레는 물 속에서만 살아야 한다. 따라서
동물들의 생태가 바뀌지 않는 한, 환경이 조금
만 바뀌어도 그것들은 살 수가 없을 것이다.
이 세상의 만물은 모두 한데 어울려 살고 있
다. 자신이 만물과 하나의 몸을 이루고 있다고

생각해 보아라. 그리고 우리 신체의 각 부분이
먼지나 티끌들이 모여서 이루어진 것이라고
생각해 보아라.

이 세상은 삶과 죽음이 영원히 계속 반복되고
있고, 시작과 끝도 없으며, 우리도 만물의 변
화와 함께 태어나고 죽으면서 변화하고 있다
면, 삶과 죽음 때문에 괴로워해야 할 이유도,
시작과 끝에 마음을 둘 이유도 없지 않겠는가.
그런데 하물며 그 짧은 생애 동안에 세속적인

이해와 득실을 따지고 행복과 불행 따위를 사
사건건 따져서 마음속에 담아둘 필요가 뭐가
있겠는가.

특히 권세나 지위가 높은 사람들은 자기가 부
리는 노예가 조금만 잘못해도 진흙 속에 쉽게
내동댕이친다. 그것은 자기 몸이 노예보다도
~~이 귀중하기 때문이 아니겠는가~~

가장 귀한 진리는 다른 데 있는 것이 아니라
바로 내 몸 안에 있는 것이기에, 외적인 조건

이 아무리 변해도 내 속의 진리는 잃는 것이 아니다. 만물은 그 변화가 처음부터 끝이 없는 것인데 도대체 무슨 이유로 자기 마음을 괴롭히겠는가. 이것이야말로 오직 도를 깨달은 사람만이 할 수 있는 일이네."

그 말을 들은 공자는 말했다.

"선생님께서는 그처럼 지극한 진리로 마음을 닦으셨군요. 선생님이 아니면 누가 그런 말씀을 저에게 해주겠습니까."

그러자 노자가 말했다.

"물이 흐르는 것은 물이 애써 노력해서 흐르는 것이 아니라 흐르는 본성을 타고난 것이네.

그와 마찬가지로 군자도 노력해서 군자가 되
는 것이 아니라 타고났기 때문에 그런 깨우침
이 저절로 가슴에 와 닿은 것이지. 그것은 마
치 하늘은 저절로 높고 땅은 저절로 두터우며
해와 달이 스스로 밝은 것과 같은 것이네. 그
런데 내가 무슨 도를 닦았다고 말하는가?"

혜시는 십으다 녹아와 안이에게 말했다

"나의 도는 초를 담은 항아리 속의 초파리 같
았다. 그분이 항아리의 뚜껑을 열어 주지 않
더라면 나는 세상의 위대한 진면목을 모를 뻔
했다."

059
옷차림으로 자신을 꾸미지 말라

유학자의 옷을 입었다고
도를 터득한 것은 아니다

노나라의 애공왕이 장자를 만났을 때 이렇게
말했다.

"우리 노나라에는 학자가 많지만 선생님의 학
문을 배우는 사람들은 아주 적습니다."

그러자 장자는 "그렇다면 노나라에는 학자가
많은 것이 아니지요."라고 말했다.

애공왕이 웃으면서 장자에게 말했다.

"노나라 사람들은 거의 모두가 학자의 옷을

입고 다니는 것을 못 보았소? 그런데 왜 학자
가 적다고 하시오?"

그러자 장자는 이렇게 말했다.

"제가 알기로는 둥근 갓을 쓴 사람들은 기상
학을 하는 사람들이고, 모난 신발을 신고 다니
는 사람들은 지리에 밝은 사람들이고, 허리에
옥패를 차고 다니는 사람들은 나라에 비상 사
태가 발생하면 즉각 행동을 개시하는 사람들
이라고 알고 있습니다.

하지만 도를 터득한 군자는 그런 옷을 입지 않
고, 그런 옷을 입은 사람들은 도가 무엇인지도
모르는 사람들입니다. 폐하께서 지금 당장 유
학의 도를 터득하지도 않은 자가 학자의 옷차
림을 하고 다니면 엄벌에 처하겠다는 발표를
한번 해보십시오."

애공왕이 장자의 말을 듣고 그런 공고를 발표
하자 닷새 만에 길거리에는 유학자의 옷을 입

은 사람이 모두 사라졌다. 그런데 유독 딱 한
사람(공자)만이 유학자의 옷을 입고 있었다.
애공왕이 그에게 국정이 돌아가는 형편을 물
었더니 그의 말은 막힘이 없었다. 그때서야 장
자는 애공왕에게 말했다.

"노나라의 참된 유학자는 바로 이 사람 하나
뿐인데 그래도 많다고 할 수가 있겠습니까?"

060
말없이 백성을 감동시키라

지도자가 많이 많으면
사람들은 서로 의심하고 분열한다

주나라의 문왕은 장이라는 곳에서 여상(강태
공)이라는 사람이 곧은 낚시질을 하고 있는 것
을 지켜보았다. 곧은 낚시질이란 낚싯밥을 꿰
매어 물 속에 넣는 것이 아니라 그저 낚싯대만
쥐고 앉아서 물 위만 바라보고 있는 낚시를 말
한다.

문왕은 여상이 비범한 인물이라는 것을 알고
그에게 권력을 맡겨 국가를 통치하게 하고 싶

었으나 대신들의 반대가 가장 큰 걱정이었다. 그렇다고 그를 포기하자니 훌륭한 정치가를 잃는 것이 너무 아까웠다. 그래서 문왕은 대신들을 모아 놓고 이렇게 말했다.

"어젯밤 과인의 꿈에 얼굴빛이 검고 수염을 기른 한 현인이 얼룩말을 타고 나타나서 장이라는 시골에 사는 노인을 데려다가 국정을 맡기면 나라를 잘 다스릴 것이라는 말을 했다."

그러자 대신들은 모두 돌아가신 선왕이 꿈에 나타나 점지해 준 것이라고 해석했다. 실제로 문왕의 아버지 계력은 살아 있을 때에 얼굴이 검고 수염이 많았으며 얼룩말을 즐겨 탔다. 그래서 문왕은 꿈에 나타난 현자를 부왕의 모습에 빗대어 그렇게 말했던 것이다. 문왕은 대신들에게 그 꿈이 길몽인지 흉몽인지 점을 쳐 보도록 했다. 그러자 대신들이 말했다.

"폐하, 그것은 선왕께서 꿈에 나타나셔서 예

언을 해 준 것인데 점을 치다니요? 조금도 의심할 것이 없습니다. 어서 그자를 등용하여 국정을 맡겨 보십시오."

그리하여 문왕은 장에 사는 여상을 데려다가 국정을 맡겼다. 그러나 여상은 권력을 잡은 후로 법을 하나도 고치지 않고 그대로 두었으며 대신들에게 지시나 명령을 내리는 일도 없었다. 그렇게 3년이 지나자 조정에서는 파당을 만들어 싸우던 사람들이 저절로 없어지고 서로 돕고 협력하는 일들이 많아졌으며, 각 관청의 공직자들은 자신이 공적을 쌓고도 많은 사람들이 함께 수고한 덕분이라며 자신의 이름을 내세우지 않았고, 전쟁이 없어져서 군량미가 쌓였으며, 상인들은 두 마음을 갖고 의심하지 않아서 저울눈을 속이는 일이 없어지는 등나라 안팎이 조용해지고 국력이 세졌다.

문왕은 그동안 그런 정치를 펼친 여상을 스승

으로 삼아 예를 갖춘 후에 말했다.

"이젠 주나라뿐만 아니라 천하에 이런 정치를 펼쳐 보는 것이 어떻겠소?"

아침에 그 말을 들은 여상은 사직서를 내고 저녁이 되자 어디로 달아났는지 소식을 끊고 영원히 돌아오지 않았다.

공자의 제자들이 그 말을 듣고 문왕이 덕이 모자란 것도 아닐 텐데 왜 꿈을 빙자해서 여상을 등용했는지를 물었다.

그러자 공자가 말했다.

"문왕을 비난할 것은 하나도 없다. 문왕은 이미 자신의 최선을 다한 것이다. 무위자연의 도를 터득한 여상(강태공)이야말로 나라를 다스리는 위정자들에게 둘도 없는 귀감이 되었다.

지도자가 말이 많으면 분열을 조장하여 시시비비가 생기고, 공직자들은 자기 공을 내세워 잘 보이려고 할 것이며, 서로 의심하고 시기하여 전쟁이 날 수도 있다. 오직 말없이 백성을 이끌고 감화시키는 것이야말로 지도자의 최고 덕목이다."

061
절대 경지에 오른 고수가 되라

무심의 경지에 이른 궁사야말로
위급한 상황에서 솜씨가 나온다

열자가 초나라의 백혼무인에게 활솜씨 시범을
보였다. 그는 왼팔 위에 술잔을 올려놓고 오른
팔로는 활시위를 당겨 활을 쏘면서도 술잔을
떨어뜨리지 않는 멋진 솜씨를 보여 주었다. 그
리고 활을 쏜 다음 재빨리 술을 마시고, 그 화
살이 활시위를 떠나 과녁에 적중하기도 전에
또 다른 화살을 당길 만큼 빠른 속사 솜씨를
보여 주었다. 그러는 동안 그의 몸은 마치 목

각인형처럼 움직이지 않았다. 그 모습을 본 백
혼무인이 말했다.

"자네는 활을 쏠 때 너무 자신의 재주를 의식
하고 쏘고 있네. 그것을 보면 자네의 궁술은
아직 절대 무심의 경지에 이르지 못한 것이네.
높은 산에 올라가서 위태로운 돌을 딛고 선 채
백 길이나 되는 연못을 등지고 활을 쏠 수 있
겠는가?"

그 말을 들은 백혼무인이 열자의 말대로 높은 산 위에 위태롭게 서 있는 바위에 올라가서 바위 위에 발을 3분의 1쯤만 걸치고 연못을 등지고 서서 활을 잡았다. 그때 백혼무인은 무서워서 땀이 흘러 발꿈치까지 적셨다. 그때서야 열자가 그에게 말했다.

"덕망이 지극한 사람은 위로는 하늘을 제압하고 아래로는 황천을 장악하여 천하의 어느 곳에 가서 어떤 위험한 입장에 처한다 해도 그 묘기가 조금도 바뀌어서는 안 되는 법이네. 한데 자네는 겨우 그 정도에서도 겁을 집어먹고 떨고 있으니 그러고도 어찌 활을 잘 쏜다고 뻐기는가?"

062
천하를 내 마음으로 삼아라

사람들은 권력의 자리를 따르지
권력자를 따르지 않는다

견오라는 사람이 손숙오에게 이런 말을 했다.
"자네는 세 번씩이나 한 나라를 다스리는 재
상이 되었는데도 그것을 자신의 큰 명예로 여
기지 않았고, 세 번씩이나 그 자리에서 물러나
면서도 실망하는 기색이 조금도 없었네. 그래
서 나는 그런 자네를 보고 참으로 이상한 사람
이라고 여겼네만, 지금도 자네의 코끝이 붉은
것을 보면 자네의 심기가 참으로 평온한 것 같

네. 자넨 어떻게 마음의 덕을 쌓았기에 그런 경지에 이를 수 있었는가?"

그러나 손숙오는 이렇게 말했다.

"나는 남보다 조금도 나을 것이 없네. 부귀영화라는 것은 내 뜻대로 되는 것이 아니라 저절로 내 앞에 바짝 다가왔다가 또 시간이 되면 저 혼자 내 곁을 떠나는 것인데, 어찌 내 것도 아닌 그것을 애써 이해득실을 따져서 내 맘대로 해보겠다고 잡기도 하고 놓기도 하겠는가. 어차피 그것은 내 것이 아닌데 다가왔다고 좋아할 것도 없고, 떠났다고 서운해할 것도 없으니 무슨 걱정이 있겠는가.

더구나 재상 자리라는 것은 누가 되어도 존경을 받는 자리가 아닌가. 사람들은 재상이라는 권력을 존경하는 것이지 나를 존경하는 것도 아닌데 내가 왜 나 자신과는 관계도 없이 직책에 매달려 기뻐하고 슬퍼하겠는가. 내가 그런 생각을 하고 사는데 어느 겨를에 어떤 사람이 귀하고 어떤 사람이 천한가를 알 수 있겠는가."

공자가 손숙오의 말을 듣고 제자들에게 이렇게 말했다.

"옛날의 군자는 어떤 지혜로도 감복시키지 못했고, 어떤 미색을 가진 여자도 유혹하기 못했으며, 어떤 도둑도 그를 위협하지 못했고, 봉희 황제도 그를 친구로 만들지 못했으며, 이 세상에서 가장 큰 삶과 죽음의 갈림길조차도 그의 마음을 움직이지 못했다. 그런데 속세의 재상이라는 벼슬자리 하나쯤이야 무슨 문제가 되었겠느냐. 그런 위인들은 그의 머릿속에 태산이 걸어간다 해도 구애를 받지 않을 것이며, 아무리 깊은 물 속에 들어가도 물에 젖는 일이 없을 것이며, 온 천하가 자신의 마음으로 가득 차 있을 뿐이다."

063
창조의 숨은 뜻을 깨달으라

절대자는 은밀히 숨어서
없는 듯 엄연히 존재한다

창조의 절대자는 이 세상을 만들어 놓고도 그
공적을 내세우지 않는다. 봄 여름 가을 겨울의
사계절은 분명 대자연의 이치와 법칙에 따라
변하면서도 어디에 의지하지 않은 채 스스로
바뀌고 있다. 그것은 이 천지 만물이 제각기
존재의 법칙이 있다는 뜻이지만 그것은 우리
에게 진실을 좀처럼 밝혀 준 적이 없다.

단지 성인들만이 그 이치를 언급하고 있어서

마치 그들만이 이 세상의 이치를 알고 있는 것
처럼 보인다. 하지만 군자는 천하가 운행되는
것을 보고도 아무것도 행하지 않으며 애써 설
명하는 법이 없다. 단지 대자연을 그저 지켜보
고만 있을 뿐이다.

저 신성하고 영묘한 대자연의 질서와 조화는
일체의 만물을 생성, 변화시키면서 삶과 죽음
을 끝없이 생성시킨다. 그리고 어떤 것은 둥글
게 만들고, 어떤 것은 모나게 만들지만 그게

무슨 뜻인지 알 수가 없다. 천하는 그저 태곳적부터 대자연의 모습 그대로 존재하고 있을 따름이다.

천하가 아무리 커도 사람은 도(道)를 떠나서 살 수가 없다. 천하의 만물은 생성, 소멸하고 밤낮으로 변하고 음양과 계절 역시 그 운행의 순서와 법칙에 따른다. 그러나 그것들을 움직이는 절대자는 어두운 곳에 숨어서 없는 듯하면서도 엄연히 존재하고 있다. 비록 그 형체는 보이지 않지만 천하에 영향을 끼치는 모습은 정말 신통하고 자유롭지 않은가.

세상은 절대자로 인해서 존재하고 있는 것이지만 우리는 그게 누구며 무엇인지 알 수가 없다. 우리는 단지 그를 일컬어 우주 만물을 존재하게 하고 운행시키는 근본적인 힘과 이치라는 뜻으로만 깨닫고 있으며, 그것을 앎으로써 대자연의 진리를 깨닫고 있을 뿐이다.

064~071

한 우물만 끝까지 파라

064
이 세상에 내 것은 없다고 생각하라

내 목숨은
대자연이 임시로 맡겨놓은 것이다

순나라 왕이 스승 승에게 도를 자기 것으로 만들어 가질 수가 있는 것이냐고 물었다. 그러자 스승 승이 말했다.

"폐하의 몸도 폐하의 것이 아닌데 어떻게 도를 가질 수가 있겠습니까?"

"내 몸이 내 것이 아니라면 누구의 것이란 말입니까?"

그러자 승이 말했다.

"폐하의 몸도 대자연이 사는 동안만 맡겨 놓은 것입니다. 목숨도 대자연이 잠시 맡겨 놓은 것입니다. 사람이 낳은 자녀들도 대자연이 부모의 모습을 닮게 만들어 기르도록 맡겨 준 것입니다. 따라서 우리는 살면서도 왜 사는지 모르고, 왜 행동하는지도 모르고, 왜 먹는지도 모르며, 먹을 때 그 맛이 어디서 나온 것인지도 모릅니다. 그것은 대자연의 기운이 그렇게 만든 것입니다. 그런데 도라고 해서 어떻게 내 것이 되겠습니까?"

065
도를 따르라

도를 얻으면 하늘도 높아지고
해와 달도 밝아진다

노자가 공자에게 이렇게 말했다.

"그대는 먼저 자신의 마음을 엄숙하고 경건하
게 하여 정신을 가다듬은 다음 마음속에서 일
어나는 지혜를 먼저 말끔히 치우고, 내 말을
듣게. 도는 깊고 그윽해서 말로 설명하기 지극
히 어렵네만 그대를 위하여 얘기해 볼 테니 잘
들어보게.

우리 눈에 보이는 것들은 본래 눈에 보이지 않

는 것에서 생긴 것이고, 형태를 갖춘 것들은
형태가 없었던 것에서 비롯되었네. 따라서 인
간의 정신은 바로 대자연의 법칙인 도에서 생
긴 것이네. 이 세상에 존재하는 모든 생물들은
사람과 동물들을 막론하고 태고부터 생성소멸
을 끊임없이 반복하고 있지 않은가. 잘 보게,
데에게 죽는 일이 그렇게 수없이 반복되고
있지만 생명이 드나드는 출입문을 어디 본 적
이라도 있는가?

도를 따르는 사람 역시 그처럼 몸도 건강하고
마음도 거침없으며 눈과 귀도 총명하다네. 아
무리 마음을 써도 피곤한 줄을 모르며, 사물에
얽매임도 없네. 하늘도 이 도를 얻으면 높지
않을 수가 없고, 땅도 도를 얻으면 넓지 않을
수가 없고, 해와 달도 도를 얻으면 정상 궤도
로 운행하지 않을 수가 없으니, 만물이 도를
얻으면 크게 융성하지 않을 수가 없네."

066
짧은 목숨을 직시하라

사람의 인생이란
준마처럼 빠르다

노자가 공자에게 또 말했다.

"어떤 사람의 학문이 깊고 넓다고 해서 참된 지식을 가진 것은 아니듯이, 말솜씨가 뛰어나다고 해서 지혜가 있는 것은 아니네. 성인들이 지식이나 지혜를 우습게 여기는 것은 그것들이 성인이 되는 데 아무 도움이 되지 않기 때문이네. 그렇다고 지식이나 지혜는 말을 아낀다고 해서 커지는 것도 아니고 줄어드는 것도

아니네. 따라서 성인들은 바로 그런 경지를 초
월하고 있네. 실로 참된 도는 깊은 바다 밑바
닥에서 비로소 시작되고, 산의 정상에서 다시
시작되는 것이네.

성인의 도는 천지가 만물을 운행시키면서 그
끝을 모르는 것처럼 자연의 이치를 터득한 자
⬚⬚⬚⬚⬚⬚⬚⬚⬚⬚⬚⬚⬚⬚⬚⬚⬚⬚⬚⬚⬚⬚⬚⬚⬚⬚⬚
에서 태어난 것도 아니고, 양에서 태어난 것도
아니네. 음양의 오묘한 조화가 이루어져서 화
합이 이루어지고 있는 바로 그 지점인 하늘과
땅 사이에 존재하고 있는 것이네.

우리는 지금 사람의 형체를 갖추고 살고 있지
만 그것도 잠시일 뿐, 언젠가는 곧 그 형체를
거두고 천지가 사물을 발생시키기 이전의 세
상으로 되돌아가야 하지 않는가. 존재의 궁극
적인 입장에서 보면 인간의 삶이란 한때 기가
모여서 형체를 갖춘 단순한 허울에 불과한 것

이네. 그러니 사람이 제아무리 오래 살거나 제아무리 짧게 산다 한들 이 우주의 무한대의 시간과 공간에 비하면 그 차이는 간발의 차이가 아니겠는가.

사람의 일생이란 준마가 지나가듯 덧없는 찰나일 뿐이네. 이 세상에서 생명을 가진 모든 것들은 자연의 법칙에 따라 살고 죽는 것인데, 모두들 그것을 비통해하는 것은 삶과 죽음의 굴레에서 아직도 벗어나지 못했기 때문이네.

죽음을 잘 살펴보게. 죽음이란 바로 생사의 속박에서 벗어나면서 영혼이 육체에서 빠져나가는 것이며 그때 숨이 끊어지고 비로소 존재가 무로 돌아가는 것이 아닌가. 이처럼 한순간 찰나의 삶을 사는 사람들이 어찌 사소한 세상사의 시비에 얽매어 살아야 하겠는가. 나무에서

열매가 맺고 자라서 떨어지는 자연의 이치를
잘 살펴보게. 거기에서 우리는 세상의 이치와
진리를 볼 수 있지 않은가.

사람들은 죽음을 대단한 재앙처럼 여기지만
바로 거기에도 자연의 이치가 깃들어 있는 것
이네. 사람은 탄생과 죽음에 의해서 인류를 이
세상에 계속 흥하게 하고 있지 않은가?

그러므로 성인은 세상의 이치를 거스르지 않
고 순응하면서 자연의 법칙에 따라 욕망을 초
월하는 최상의 도덕적 가치를 지녀야 하는 것
이며, 바로 그 태도에서 제왕의 업적도 나오는
것이네."

067
도가 없는 곳은 없다

청개구리나 개미에게도 있고 기왓장과 똥오줌에도 있다

동곽자가 장자에게 물었다.

"도는 어디에 있습니까?"

"도는 어디나 다 있다."

"구체적으로 어디라고 말해 주십시오."

"청개구리나 개미에게도 있다."

"그렇게 하찮은 것들에게도 있습니까?"

"피의 낱알에도 있다."

"그런 데까지 있습니까?"

"기왓장에도 있다."

"기왓장까지요?"

"똥오줌 속에도 있다."

마침내 동곽자가 입을 다물고 말았다.

068
도를 소유하려고 하지 말라

도는 만물의 형상을 만들지만
자신의 형상은 드러내지 않는다

도는 모르는 쪽이 깊고, 아는 쪽이 얕다. 모른다는 것은 마음속에 깊이 깨달은 말을 잊은 것이고, 안다는 것은 도와 떨어져 있다는 뜻이다. 모르는 것이 아는 것이고, 아는 것이 모르는 것이다.

도는 들을 수가 없다. 귀에 들리면 그것은 곧 도가 아니다. 눈에 보여도 도가 아니다. 도는 말로 표현할 수가 없다. 표현하면 도가 아니다. 도는 만물의 형상을 만들어 내면서도 자기 자신은 형상을 나타내지 않는다. 그래서 도는 이름을 지어 부를 수도 없다.

069
없는 것조차 없는 것이 절대적인 없음이다

> 보이지도 않고 들리지도 않고
> 만져도 잡히지 않는다

빛이 공간에게 물었다.

"자네는 있는 것인가, 없는 것인가?"

하지만 공간은 말이 없었다. 그래서 빛이 공간을 자세히 바라보았더니 공간은 텅 빈 채 아득하기만 했다. 빛은 온종일 바라보았으나 보이지도 않았고, 들리지도 않았으며 만져 봐도 잡히지가 않았다. 그래서 빛이 이렇게 말했다.

"지극하다. 누가 이런 신묘한 경지에 이르렀

단 말인가. 나는 무의 경지라는 것이 있는 줄은 알고 있었지만, 없다는 것조차 없는 절대적인 없음이 존재한다는 것을 지금까지 깨닫지 못했다. 모든 존재를 무로 여기는 절대적인 경지는 현묘한 덕을 지닌 자만이 도달할 수 있는 것인데, 내가 어떻게 그런 경지에 이를 수가 있겠는가?"

070
한 우물만 끝까지 파라

장인은 나이가 여든이 되어도
기술은 한 치도 어긋남이 없다

초나라의 대사마라는 관직에서 일하는 장인 중에 허리띠 고리를 만드는 사람이 있었다. 그는 나이가 80이 되었어도 그 기술이 지극히 정교하여 털끝만치도 어긋남이 없었다. 그래서 대사마가 물었다.

"자네가 그런 기술을 갖게 된 특별한 비결이 뭔가?"

그러자 그 기술자가 말했다.

"저는 단지 마음을 순수하게 지키고 있을 뿐

입니다. 저는 스무 살 때부터 허리띠의 고리를
만드는 것을 좋아한 이후로는 다른 것은 거들
떠본 적이 없습니다. 오직 갈고리 만드는 일에
만 지금까지 몰두해 왔을 뿐입니다."

대사마는 그 말을 듣고 생각했다. 만일 그가
팔십 평생을 사는 동안 단 한 번이라도 다른
기술을 배우거나 익혀서 다른 것을 만들었다
면 지금 저 나이에 저렇게 훌륭한 기술을 발휘
하지 못했을 것이다.

그런데 하물며 물건을 만드는 기술도 아니고 마음을 쓰는 사람이 한 가지에 마음을 쓰지 않고 이 마음 저 마음으로 마음을 움직여 썼다면 그 마음이 어떻게 한결같이 곧을 수가 있겠는가. 더구나 자연의 도에만 마음을 맡기려고 하는 사람에게는 더 이상 무슨 말을 하겠는가. 이 세상의 모든 일도 바로 그런 상지에서만 이룸이 있는 것이다.

071
삶과 죽음은 하나다

천지는 처음도 끝도 없고
삶과 죽음도 다르지 않다

공자의 제자 염구가 "선생님, 천지가 창조되기 이전의 세상은 어땠습니까?" 하고 물었다. 그러자 공자가 대답했다.

"그걸 왜 모르느냐? 그때도 지금과 다른 것이 없었다."

다음 날 염구는 다시 공자를 찾아와서 물었다.

"어제 선생님의 말씀을 들었을 때는 그게 무슨 뜻인지 이해가 되었습니다만, 하루가 지나

자 그 말이 무슨 뜻인지 캄캄해져 버리고 말았습니다. 다시 말씀해 주십시오."

"네가 어제 내 말을 들었을 때는 마음을 비운 채 신기의 상태로 들었기 때문에 내 말을 이해할 수 있었지만, 오늘 네가 그 말의 뜻이 까마득진 것은 그 말을 머리에서 논리적으로 따져 부박기 때문에 이해할 수 없게 된 것이다.

천지는 본래 처음도 없었고, 끝도 없었다. 그러니 태초와 지금이 무엇이 달라졌겠느냐. 그런데 거기에 삶이 어디 있으며, 죽음 또한 어디 있겠느냐. 삶의 입장에서는 죽음이 삶의 단절인 것 같고, 죽음의 입장에서는 삶이 죽음의 단절인 것처럼 보이지만, 삶과 죽음은 서로 기다림으로 존재하는 것이 아니라 근본적으로는 각기 형체가 다른 하나를 이루고 있다.

만일 천지가 창조되기 전에 어떤 사물이 존재하고 있었다는 것을 가정해 보자. 그것이 과연 사물이라고 말할 수가 있겠느냐? 천지가 생기기 전에는 사물이 생겨날 수가 없었지만, 그러나 사물을 주재할 수 있는 도가 있었다.

도란 사물을 이 세상에 존재케 하고 운행하게 하는 본성, 즉 사물을 사물로서 존재하게 하는 힘이다. 그러니 도가 먼저 있어서 세상에 사물을 이루었으며, 사물이 존재한 후에 천지가 생긴 것이라고 할 수 있다. 그러므로 성인이 끝없는 자애심으로 사람들을 끝없이 사랑하는 것은 바로 대자연의 이치를 닮아서 그런 것이다."

072~079

자신을 쉽게 드러내지 말라

072
슬픔이 오면 슬퍼하고
기쁨이 오면 기뻐하라

가는 사람 잡지 말고
오는 사람 막지 말라

안연이 공자에게 "도를 깨달은 사람은 '가는 사람은 잡지 않고 오는 사람은 막지 않는다'고 했습니다. 그것이 어떤 경지인지 말씀해 주십시오." 하고 물었다.

그러자 공자가 말했다.

"옛사람들은 그때의 형편에 따라 겉모습은 변했지만 마음만은 올곧게 지켜 변하지 않았다. 하지만 오늘날의 사람들은 마음은 외부의 영향을 받고 잘 변하면서도 겉은 바뀌지 않게 되었다. 겉모습은 자연의 변화에 영향을 받기 때문에 당연히 변하는 것이므로, 실제로는 변하는 것이라고 말할 수도 없는 것이지만.

게다가 어디는 변해야 하고 어디는 변해서는 안 된다는 법이 어디 있겠느냐. 옛날 도를 깨 났다는 희위라는 사람은 온갖 짐승들과 함께 산에서 살았고, 어떤 황제는 채마밭에서 농사를 짓고 살았으며, 유우씨라는 사람은 다른 사람들을 막고 대궐에서만 호화롭게 살았다. 특히 군자들이라는 유가나 묵가의 스승들도 남의 말은 듣지도 않고 자기 주장과 고집만 내세우면서 사는데, 하물며 다른 사람들이야 오죽했겠는가.

하지만 성인들은 자연을 사랑하며 자연과 더불어 살았다. 그들은 오직 자연에 순응할 뿐, 거역한 일이 없었다. 하지만 이 대지에서 그렇게 살다가도 삶의 즐거움이 아직 끝나기도 전에 곧이어 비애가 몰려오게 된다.

사람들은 슬픔이든 기쁨이든 그것이 다가오는 것을 지혜로 조금은 예감할 수 있지만, 그것을 끝내는 막을 수가 없다. 슬픔이 오면 슬퍼해야 하고, 기쁨이 오면 기뻐해야 한다. 어느 것 하나 피하거나 거절할 수가 없다. 피할 수 없는 것들을 피하려고 애쓰는 일은 슬픈 일이다. 그것은 말로 표현할 수가 없고 행동으로 초월할 수도 없다. 그러나 사람들은 그럴 지혜도, 능력도 없으면서 감히 그것을 막아내겠다고 애쓰고 있다."

073
자신을 쉽게 드러내지 말라

큰 동물은 높은 산에서 살고
큰 물고기는 깊은 물에서 산다

노자의 제자 경상자는 북쪽 외루라는 산에 가서 지혜롭고 똑똑한 제자들을 모두 내보내고 못난 제자들만 데리고 살았다. 그렇게 산 지 3년 만에 외루는 잘사는 마을로 바뀌게 되었다. 그래서 외루 사람들은 말했다.

"경상자가 처음 왔을 때는 이상한 사람이라고 생각했다. 그런데 하나하나 따져 보면 별로 한 일이 없는데 한 해를 두고 따져 보니 그가 이룬 일들이 아주 많았다. 그것으로 보아 그는 성인임에 틀림없다. 그러니 우리들은 경상자를 왕으로 모셔 섬기고 종묘사직을 세워 제례를 갖추어야 하지 않겠는가?"

그 말을 들은 경상자는 석연치 않은 표정으로 말했다.

"봄에 싹이 터서 가을에 열매를 맺는 것은 저절로 된 것이 아니라 대자연의 법칙이 있었기 때문이다. 이 세상에는 어느 것 하나 저절로 되는 법이 없다. 너희들이 나를 왕으로 받들겠다니 그게 무슨 말이냐? 내가 덕이 부족해서 너희들이 그런 생각이 들도록 만들었으니 내가 어찌 스승 앞에 부끄러워 얼굴을 들 수가 있단 말이냐?"

그 말에 한 제자가 나서서 말했다.

"아닙니다. 덩치가 큰 물고기는 얕은 물 속에서는 몸을 제 맘대로 움직이지 못하지만, 작은 미꾸라지는 날렵하게 몸을 놀립니다. 몸집이 큰 짐승은 낮은 구릉에서는 숨을 곳이 없지만 요사스러운 작은 여우는 몸을 숨길 곳이 많습니다. 어질고 지혜로운 분을 존중하고 그런 분들에게 직책을 주어 나라를 다스리게 만든 것은 요순 때부터 해온 일인데 저희들이 사는 외 ▪▪▪▪ 게서 되도 게 무엇이 있겠습니까? 선생님께서 사양하지 마시고 저희들이 원하는 대로 하게 해 주십시오."

그러자 경상자가 말했다.

"수레를 삼킬 만큼 큰 짐승도 무리에서 벗어나면 홀로 덫에 걸릴 위험이 있고, 배를 삼킬 만큼 큰 물고기도 물에서 벗어나면 개미떼의 공격을 받는다. 그래서 야생 동물들은 깊은 산에서 내려오지 않고, 물고기들은 깊은 물속에서 떠나지 않는 법이다.

요순처럼 지혜로운 자들을 보아라. 그들은 머

리카락을 한 가닥 한 가닥 세어서 빗질을 하고 쌀의 낟알을 한 알 한 알 세어서 밥을 짓는 등 사소한 일에 얽매어 살았으니, 그들이 어찌 큰 재목이 되어 나라를 구할 수 있었겠느냐? 그런 식으로 현인이 나라를 다스리면 국민들 사이에는 알력이 생기고, 지혜로운 사람을 등용하여 규비들은 누누실을 시사하 서이다 사람들은 이득에 눈이 뒤집혀 자식이 부모를 죽이고, 신하가 왕을 죽이고, 대낮에도 도둑들이 설치게 된다. 그처럼 국가의 큰 혼란은 요순시대부터 시작되었다. 그 피해는 천년 후까지 내려가 나중에는 사람이 사람을 잡아먹는 시대가 올 것이다."

074
매사에 악착같이 덤비지 말라

땅벌은 나방의 알을 기를 수 없고
닭은 백조의 알을 품을 수 없다

경상자의 제자가 스승에게 물었다.

"저는 이제 늙었는데 어떻게 공부를 해야 가
르침을 따를 수 있겠습니까?"

그러자 경상자가 말했다.

"먼저 네 몸을 건강하고 안전하게 지켜라. 매
사에 악착같이 이루려고 애쓰지 말고 3년만
버티면 내 말대로 된다. 허리가 가는 땅벌은
콩잎의 푸른 나방이 알을 기를 수 없고, 월나

라 닭은 백조의 알을 품을 수 없다. 그러나 몸
이 큰 노나라의 닭들은 백조의 알을 품을 수가
있다. 성질이 달라서가 아니라 타고난 바탕이
다르기 때문이다. 나는 능력이 없어서 더 이상
너를 가르칠 재주가 없으니 남쪽 노자를 찾아
가거라."

075
마음의 묵은 때를 벗으라

한곳에 사로잡히지 말고
어린아이처럼 무심히 지켜보라

경상자의 제자 남영주가 노자를 찾아가서 말
했다.

"제가 지혜롭지 못하면 남들은 저를 어리석다
놀리고, 제가 지혜로우면 남들은 저를 괴롭힙
니다. 제가 인자롭지 않으면 남들을 해치게 되
고, 제가 인자로우면 남들이 저를 해칩니다.
제가 의롭지 않으면 남을 다치게 하지만, 제가
의로우면 제가 남들에게 다칩니다. 저는 어떻

게 해야 그런 굴레에서 벗어날 수가 있겠습니까?"

그러자 노자가 말했다.

"나는 자네의 눈썹 사이를 보고 아직 도를 깨닫지 못했다는 것을 알았네. 자네가 그런 사소한 생각에 얽매어 있는 것을 보니 마치 부모를 잃고 난 후에야 장대를 들고 캄캄한 바다에 나가서 부모를 찾는 것과 다름이 없네. 자네는 깊은 근심에 빠져 있어서 본심으로 돌아가려고 해도 돌아갈 곳이 없으니 참으로 답답하기 그지없네.

우선 자네는 묵은 마음의 때를 잘 씻어내야겠네. 특히 눈과 귀에 얽매인 걷잡을 수 없는 욕심을 버려야 하네. 특히 그 욕심에 몸과 마음이 속박당하고 자유를 잃으면 도덕을 갖출 수 없으니 어떻게 살 수 있겠는가.

이제부터는 남의 일에는 일절 마음을 쓰지 말고, 모든 일을 자신으로부터 구하게. 마치 어린아이처럼 어떤 일이든 무심히 지켜보고, 간

섭하지 말고 담담하게 있어야 하네. 아이가 온종일 울어도 목소리가 쉬지 않는 것은 자연의 도와 조화를 이루었기 때문이고, 아린아이가 온종일 손을 쥐어도 굳지 않는 것은 자연의 덕과 하나가 되었기 때문이며, 어린아이가 온종일 보아도 눈을 깜박거리지 않는 것은 마음이 어느 한곳에만 사로잡혀 있지 않기 때문이네. 그러니 자네도 애써 어디를 가려고 하지 말고, 애써 무엇을 하려고 하지 말고, 자연의 물결에 몸을 맡겨 두게. 그게 바로 잘 사는 법이네."

076
어린아이처럼 되라

아이의 몸은 마른 나무 같고 마음은 식은 재 같다

남영주가 노자에게 군자의 덕이 무엇이냐고 물었다. 그러자 노자가 말했다.

"나는 자네에게 어린아이처럼 되라고 말했네. 어린아이는 아무것도 하지 못하고 아무 곳이나 가지도 못한다. 아이의 몸은 마른 나무 같고, 마음은 식은 재와 같다. 그런 어린아이에게 어떻게 화가 닥칠 것이며, 어떻게 복이 다가올 것인가. 그런 어린아이에게 어떻게 사람이 행하는 재앙이 닥칠 수 있겠느냐."

077
능력 밖의 일에 도전하지 말라

참된 지혜는 몸과 마음이
대자연의 진리에 따르는 것이다

마음이 평화롭고 안정된 사람은 무슨 일을 하거나 빛이 난다. 빛이 난다는 것은 참된 자신의 진정한 모습이 모든 일에 드러난다는 뜻이다. 그런 사람은 어떤 경우에도 마음이 동요되는 법이 없다. 이렇게 마음이 확고부동한 사람은 이웃과 친화를 이루게 되고, 하늘은 그런 사람을 돕는다.

학자들은 남이 하기 어려운 것만 연구하려고

하고, 일을 벌이는 사람은 자기 능력에 벅찬 일만 시도하려고 한다. 사람들은 대부분 자기 ˚˚ ˚˚˚˚˚˚ ˚˚˚ ˚˚˚˚ ˚˚˚˚˚ ˚˚˚ ˚˚˚ 다. 그러나 그런 일들은 모두 자연의 이치에 어긋나는 일이다.

참된 지혜란 자신이 알 수가 없거나, 할 수 없는 능력 밖의 일을 그만두는 것이다. 만일 그 같은 대자연의 진리에 역행하는 사람은 반드시 재난을 면치 못할 것이다. 어떤 경우든 자연에 따르고 몸과 마음의 건강을 지키는 것이 가장 중요하다. 그런데도 불행이 닥칠 때는 천명이라고 여겨야 한다. 천명은 우리의 책임이 아니다.

078
하늘이 준 본성을 찾으라

자연의 이치를 거스르면
스스로 해악을 불러오게 된다

많은 사람들이 보는 가운데 악행을 저지르는
자는 다른 사람들의 제지를 받지만, 아무도 안
보는 곳에서 악행을 저지르는 자는 귀신이 그
냥 두지 않는다. 따라서 사람에게도 귀신에게
도 떳떳한 사람만이 대자연의 진리와 마음이
통할 수가 있다.

자기 분수를 잘 알아서 자족하는 자는 그 자취
가 남지 않으나, 자기 분수도 모르고 재산을

모은 사람은 결국 몸에 무리가 생겨서 남 좋은 일만 하게 된다.

우리 몸에서 음양보다 더 중요한 것은 없다. 음양의 이치는 대자연과 늘 함께 있다. 그러기에 우리가 자연의 이치를 거스르면 마음이 음양을 배반한 것이어서 스스로 해악을 불러오게 된다. 세상의 진리는 누구에게나 밝혀야 한다. 따라서 사람이 자신의 본성을 못 찾으면 죽음에 가까워지고 그것은 귀신과 하나가 되는 것이다. 우주의 공간은 영원하고 시간 또한 시작과 끝이 없다. 인간의 삶과 죽음은 들어오거나 나가거나 그 자취와 흔적을 결코 찾아볼 수가 없다. 그것을 우리는 하늘의 문이라고 말한다. 이 천문은 있음도 없음도 다 포함하고 있기에 만물이 바로 거기서 비롯되고 있는 것이다. 따라서 성인은 바로 그런 경지에 자신의 몸과 마음을 맡기고 있는 것이다.

079
관점의 차이를 극복하라

큰 벼슬이나·작은 벼슬이나 결국 똑같은 초나라 벼슬이다

옛사람들에게는 뛰어난 지혜가 있었다.

첫째, 옛사람들은 이 세상에 사물이 존재하기 이전에는 세상이 모두 비어 있었다고 보았다. 즉, 우주를 공(空)으로 보았다.

둘째, 사물이 존재하기 시작한 후에 삶이 시작되었지만 삶의 뒤에 오는 죽음도 삶과 똑같아서 죽음은 곧 본성으로 돌아가는 것으로 보았다. 따라서 삶과 죽음은 대립되는 것이 아니라

동질이라고 여겼다.

셋째, 천지는 처음에 아무것도 없는 무였지만,
무에서 유가 되고, 또 죽음이 그 뒤에 이어지
고 있어서, 유무와 생사를 하나로 보았다.

이 같은 세 가지 생각은 서로 관점의 차이는
있겠지만 시비를 따져야 할 이유가 하나도 없
다. 이것은 마치, 초나라의 소 씨와 경 씨는 큰
벼슬을 해서 유명해졌고, 갑 씨는 작은 마을을

잘 다스려서 유명해졌는데, 결국은 모두 초나라의 세 가문이라는 점에서는 똑같은 것과 다를 바가 없다.

모든 사람에게 삶이란 존재의 한 형태에 불과할 뿐이다. 그런데 사람들은 이 사람과 저 사람은 다르다고 애써 구별하고 시시비비를 따지려 든다. 그런 시시비비는 경우에 따라 달라지기 때문에 믿을 만한 것이 못 된다.

동지에 납평제를 지낼 때 소의 내장과 발목을 부분적으로 잘라서 상 위에 차려 놓지만, 결국은 그게 모두 소의 몸에서 나온 것을 진열해 놓은 것에 불과한 것이다. 또한 집을 살 때에 사람들이 안방과 마루와 부엌을 각각 부분적으로 살펴보지만, 결국은 집 전체를 보는 셈인 것과 같은 것이다.

시비는 결국 자기의 지혜가 남보다 뛰어나다고 생각하는 데서 발생한다. 본래는 똑같은 것을 부분만 따로 떼어내어 자기 주장이 옳다고 목숨을 걸고 싸운다. 상대방을 서로 바보라고 손가락질하지만 결국은 하나를 갖고 싸우는 것이다. 그래서 세상이 인정해 주면 명예가 되고, 인정을 받지 못하면 치욕이 된다고 여긴다. 그것이 사람들이 저지르는 참으로 바보 같은 짓이다. 그것은 매미나 까치가 높은 하늘을 날아가는 봉황새를 비웃는 것과 다를 바가 없다.

080~087

윗사람의 마음을 잘 읽으라

080
물러나야 할 때는 과감히 물러나라

가야 할 때와 와야 할 때 받을 때와 줄 때를 알라

사람들은 실수로 남의 발을 밟으면 "죄송합니다."라고 사과를 한다. 하지만 형제의 발을 밟으면 씨익 웃기만 하고, 부모의 발을 밟으면 모른 체한다.

하지만 최고의 예의란 남에게만 갖추고 가까운 사람에게는 지키지 않는 것이 아니다. 오히려 가까울수록 예의를 지켜야 한다.

또 가장 의로운 자는 자신에게나 남에게나 혹

은 사물에 대해서도 똑같은 의로움을 보여 주어야 한다. 의로움을 행할 때는 상대를 가려서는 안 된다. 가장 지혜로운 자는 자기의 지혜를 가지고 어떤 일도 꾀해서는 안 되며, 가장 인자로운 자는 누구에게나 똑같이 베풀어야 한다. 또한 가장 신의가 큰 자는 돈과 멀리하는 자이다.

대체로 부귀영화와 권력과 재물은 처음 품었던 뜻을 퇴색시킨다. 그런 것이 의지를 꺾어 뜻한 바를 지키지 못하게 되는 경우가 많다. 자신의 용모나 행동이나 얼굴의 기색 혹은 말투 같은 것들이 자기 마음을 구속하는 경우도 아주 많다. 하지만 그것에 얽매이는 일처럼 자신을 가장 비천하게 만드는 일은 없다.

또한 희로애락과 함께 마음속에 누군가에 대한 증오심을 품거나 소망이 너무 크면 품성이 좋아질 수 없다. 가야 할 때 가고 와야 할 때

와야 한다. 자기 자리를 박차고 물러나야 할 때, 특히 벼슬에서 물러나야 할 때 과감하지 못하면 천박해진다. 자신이 받아야 할 때와 주어야 할 때를 잘 알아야 인격이 훌륭해진다.

그러므로 그런 것들로 인해서 마음을 어지럽혀서는 안 된다. 그래야 심신이 편안해지고, 편안해져야만 마음이 안정되고 밝아지며, 마음이 비어야 성급한 행동이 나오지 않는다. 욕심이 앞서면 행동도 앞서게 마련이다.

도는 덕을 귀하게 여기는 사상이고, 삶은 덕을 나타내는 광채이며, 성격은 사람의 바탕을 이룬다. 무엇을 안다는 것은 사물을 직접 경험해 보아야 하는 것이다. 무엇을 안다는 자는 쉽게 일을 꾀하지만, 무엇을 안다는 것은 아이처럼 잘 모른다는 말이니 그다.

081
마음의 균형을 잃지 말라

사형수는 높은 곳에 올라가도 두려워하지 않는다

옛날에 예라는 활쏘기의 명수가 있었다. 그는 멀고 좁은 과녁도 정확히 맞히는 명궁이었지만, 남이 자기 솜씨를 칭찬하지 못하게 하는 졸렬한 사람이었다. 이와 비슷하게 성인들도 신은 잘 섬기지만 사람을 섬기거나 다룰 줄 모른다. 신도 잘 섬기고 사람도 잘 다루는 사람은 성인보다 한 차원이 높은 지인(至人)들이다. 거미가 그물을 잘 치고, 벌이나 개미가 집을

교묘하게 잘 짓는 것은 천부적인 재능 탓이지 배워서 안 것이 아니다. 타고난 재주와 배워서 얻은 기술을 똑같이 갖기는 어렵다.

명궁 예는 까치만 보면 활을 쏘아 떨어뜨렸지만, 그의 눈에 띈 까치만 맞힐 수 있었지 모든 까치를 다 맞힐 수 있는 것은 아니다. 어느 누구라도 우주를 새장으로 만들어 까치를 몽땅 몰아넣고 잡지 않는 한은 불가능한 일이다.

은나라의 탕왕은 요리 전문가 윤이에게 벼슬을 주고 그를 곁에 둘 수 있었다. 또 진나라의 목공은 백리계를 곁에 두려고 다섯 마리의 양가죽을 주었다. 필요한 사람을 쓰려면 대가를 지불해야 한다.

형벌로 발이 잘린 자가 법을 두려워하지 않는 것은 명예를 이미 버렸기 때문이고, 사형수가 높은 곳에 올라가도 두려워하지 않는 것은 삶과 죽음을 염두에 두지 않기 때문이다.

이렇게 어느 쪽도 깊이 따지려 들지 않는 사람은 바로 하늘과 뜻이 같게 되었다고 말할 수 있다. 하늘은 어느 한쪽의 편을 들지 않고 만물을 포용하고 있지 않은가. 그러므로 어느 한쪽으로도 마음이 기울지 않고 평화를 지키기 위해서는 마음을 자연에 맡겨야 한다.

082
윗사람의 마음을 잘 읽으라

고향 띠니 한 달이면 친지기 그립고
일 년이면 고향 사람만 봐도 반갑다

세상을 등지고 은둔하고 있던 서무귀가 진나
라의 재상 여상의 부탁을 받고 위나라의 왕 무
후를 만났다. 무후는 서무귀를 보자 먼저 위로
의 말을 건넸다.

"선생은 그동안 혼자 사시느라고 고생이 많았
던 탓인지 무척 수척해지셨습니다. 은둔 생활
이 너무 고달프셔서 제게 위로를 받으려고 찾
아오셨나 보군요?"

그러자 서무귀가 말했다.

"저는 위로를 받으러 온 것이 아니라 폐하를 위로하러 온 것입니다. 폐하께서 저를 위로할 필요가 뭐가 있겠습니까? 폐하께서 그렇게 모든 일에 탐욕을 부리시면 이제 곧 병이 들 것입니다. 그래서 제가 위로하러 온 것입니다."

그 말을 들은 무후는 불쾌한 표정을 지었다. 그러나 서무귀는 계속 말했다.

"제가 개의 관상을 보는 법을 말씀드리겠습니다. 개 중에는 그저 먹는 것만 밝히는 미련한 놈이 가장 못났습니다. 그런 개는 고양이가 쥐 한 마리 잡아먹은 것처럼 별 뜻이 없는 개라고 할 수 있습니다. 그 다음 조금 잘난 개는 해를 바라보면서 짖을 줄 압니다. 그보다 좀 더 잘난 개는 자기 몸도 마음도 잊은 듯 사는 개입니다.

말의 관상은 좀더 확실합니다. 말이 뛸 때는

먹줄처럼 곧게 나가고, 돌 때는 갈고리처럼 돌고, 둥글게 돌 때는 나침반이 원을 그리듯 돕니다. 그런 말이 일등급입니다. 그러나 천하에서 가장 뛰어난 말은 천부적인 재질을 타고난 말입니다. 그 말은 제 몸도 마음도 잊은 채 질풍처럼 날아가듯 달리면서 멈출 줄을 모릅니다."

그 말을 듣고 무후는 크게 웃으며 기뻐했다.

서무귀가 밖으로 나왔을 때 여상이 그에게 무슨 말을 했기에 좀처럼 웃는 법이 없던 왕이 그렇게 크게 웃었는지 물었다. 그러자 서무귀가 그에게 말했다.

"나는 폐하께 개와 말의 관상을 보는 법을 말씀드렸을 뿐이네. 자네는 월나라를 떠난 나그네의 말을 들어보지 못했는가? 나그네가 고국을 떠난 지 며칠 후에는 잘 아는 사람을 만나면 기뻐하고, 한 달 후에는 고국에서 한 번 만나 본 적이 있던 사람을 만나도 기뻐하고, 1년쯤 되면 같은 나라 사람만 만나도 기뻐하는 법이네. 그것은 타국에서 오래 살수록 고향 사람에 대한 그리움이 깊어진다는 뜻이 아닌가. 특히 나처럼 인적이 없는 깊은 산에서 살 때는 그저 사람의 발자국 소리만 들어도 기쁜 법이라네. 하물며 형제나 친척들이 온다면 얼마나 기쁘겠는가? 그렇게 오래 웃지 않던 폐하가 내 말을 듣고 크게 웃은 것은 그동안 이 나라에 폐하를 웃길 만한 위인이 없었다는 뜻이 아니고 무엇인가?"

083
자기 잣대로 나라를 다스리지 말라

자기 뜻대로 백성을 사랑하지 말고
진리를 따라 중심을 잡으라

무후가 서무귀를 보고 물었다.

"선생은 산에서 도토리나 나물이나 배추를 먹고도 만족하게 살면서 저를 잊은 지가 퍽 오래되었습니다. 그런데 지금 보니 무척 늙고 야위셨습니다. 저한테 술과 고기를 얻으러 오신 것입니까, 아니면 나라에 좋은 일을 하시려고 오신 것입니까?"

그러자 서무귀가 말했다.

"저는 본래 비천하게 태어나 대궐의 술이나 고기를 먹어 본 일이 없습니다. 그런데 제가 이제 와서 왜 그걸 바라겠습니까? 천지의 대자연은 세상의 만물을 공평하게 대합니다. 특히 지위가 높은 사람이라고 해서 특별히 대우해 주는 것도 아니고, 천하게 산다고 해서 불쌍히 여기지도 않습니다. 그때가 폐하는 대자연과는 달리 국민의 피와 땀을 착취하여 자신의 탐욕을 채우고 있습니다. 하나 어찌 그것을 폐하의 양심이라고 하겠습니까? 본래 폐하의 양심은 국민과 융화를 잘 이루는 것이지 오만과 독선은 아니었습니다. 그런데 폐하는 지금 어떻습니까? 제가 여기 온 것은 폐하에게 그 말을 해 드리려고 온 것입니다."

그 말을 듣고 있던 무후가 말했다.

"선생의 말이 모두 맞습니다. 앞으로 나는 국민을 사랑하고 자비와 의로움을 위해서 전쟁을 일으키지 않겠습니다."

그러자 서무귀가 다시 말했다.

"아닙니다. 폐하는 백성을 사랑해서는 안 됩니다. 무릇 군주는 백성을 사랑하기 시작하는 순간 백성을 해치기 시작하는 것이며, 정의를 위해서 전쟁을 중지하는 것도 전쟁을 시작하는 이유가 되는 것입니다. 정의로운 전쟁이라는 것이 어디 있습니까?

백성을 사랑하기 위해 인의를 내세워 정책을 내놓는 것 자체가 바로 흉기를 내놓는 것입니다. 폐하께서 인의를 베풀려고 하는 것 자체가 이미 잘못된 것입니다. 폐하가 내놓는 인의가 진짜 인의가 아니기 때문입니다. 백성에게 인의라는 자기 잣대를 들이대면 그것이 무기가 되어 백성들 사이에 큰 찬반논쟁이 일어나 편가르기를 시작하며, 그로 인해 민심이 동요되면서 나라는 혼란에 빠지게 됩니다.

따라서 폐하께서 높은 누각에 올라 국정을 펴실 때는 보병과 기마병의 작전을 접어 두시고, 국가의 이익을 위한다는 명분으로 어떤 전쟁도 획책해서는 안 됩니다. 교묘한 재주나 꾀를 써서 남을 이기려고 하거나 남을 궁지에 몰아넣을 생각은 하지 마십시오. 어떤 경우든 남과 싸워서 이길 생각을 해서는 안 됩니다. 남의 나라 국민을 희생시키고 남의 나라 땅을 빼앗아 자국의 이득을 취하려는 자에게 승리가 무슨 의미가 있겠습니까?

폐하께서 앞으로 전쟁을 안 하시겠다면 오직 정성을 다하여 마음을 닦고, 우주와 대자연의 진리에 맞게 마음의 중심을 잡으셔야 합니다. 그러면 싸우지 않고 이기게 되는 것이며, 국민들도 불행을 면하게 될 것입니다."

084
자신의 본성을 찾으라

농부는 일이 없으면 불안하고
학자는 명성이 없으면 괴롭다

지략가는 관점을 자주 바꾸고, 웅변가는 말이
조리 있고 순서가 맞는지 따지고, 비평가는 남
과의 논쟁을 즐긴다. 하지만 모든 것들이 직업
적 탐욕에서 비롯된 것이다. 충성스런 사람은
조정에서 이름을 날리게 되고, 관리는 승진이
목표이며, 씨름꾼은 상대를 넘어뜨려야 뽐낼
수 있다.

용기 있는 사람은 혼란한 시기에 진가가 드러

나고, 군인은 전쟁이 터져야 빛이 나며, 초야
에 묻힌 학자는 청렴한 명성을 바라고, 인의를
숭상하는 사람은 인간관계를 가장 중요하게
여긴다. 농부는 농사일을 안 하면 걱정이 많아
지고, 장사꾼은 손님이 없으면 불안하다. 기술
자는 공구가 좋아야 일할 맛이 나고, 탐욕스런
사람은 놈이 없으면 신바이 안 납다.

이것이 바로 세상이다. 사람들은 자기가 하고
있는 일에 이끌려 살면서 말하고 생각하고 행
동할 뿐이다. 따라서 자유롭게 도를 터득할 수
있는 기회를 갖지 못한다. 모두들 몸과 마음이
욕심에 사로잡히고 매달려서 인간 본연의 본
성을 회복하지 못하고 늙어 버리니, 어찌 아깝
고 애석한 일이 아니겠는가.

085
이기는 것만이 능사가 아니다

줄 하나를 조율하지 않으면
스물다섯 음이 모두 어긋난다

장자가 혜자에게 말했다.

"활 쏘는 사람이 막연히 허공을 향해 활을 쏘
았는데 뜻밖에도 과녁에 적중했소. 그래서 사
람들은 그를 명궁이라고 불렀소. 그렇다면 그
게 잘된 일이라고 생각하시오?"

"잘된 일이지요."

혜자의 말에 장자가 다시 말했다.

"천하에는 객관적으로 공인된 진리란 없는 법
이오. 그래서 사람마다 제각기 자기가 한 말이
진리하고 우기는데 그게 옳다고 생각하시오?"

"물론 옳다고 봐야지요."

그러자 장자가 다시 말했다.

"지금 이 나라에는 유가, 묵가, 양주, 공손룡의 네 학파가 있고, 거기에 당신의 학파를 합치면 모두 다섯 학파가 됩니다. 도대체 당신은 어느 학파가 참된 학파라고 생각하십니까?

~~신제가 노거의 제자가 그랑 세게 이렇게 말씼~~ 다고 합니다. '저는 선생님의 도를 깨달아 겨울에는 솥에 불을 때지 않고도 밥을 지을 수 있고, 여름에는 물로 얼음을 만듭니다.' 그랬더니 노거가 '겨울에는 양의 기운을 불러다가 불을 만드는 것이고, 여름에는 음의 기운을 불러다가 얼음을 만드는 것이니 그것은 도라고 말할 것도 없다. 내가 진짜 나의 도를 보여 주겠다.'고 하면서 비파의 줄을 고른 다음, 한 개는 마루 위에 놓고, 한 개는 방에 놓아두었소. 이렇게 비파를 각기 다른 방에 두고, 방 안

의 비파로 궁조나 각조를 타면 마루의 비파에서도 저절로 똑같은 음이 흘러나왔습니다. 그러나 줄 하나를 맞게 조율하지 않으면 다섯 개의 음이 안 맞게 되고, 그렇게 되면 나머지 스물다섯 개의 음도 제멋대로 나옵니다.

당신의 학파가 아닌 다른 네 개의 학파가 내세우는 주장도 그와 같으니, 그대가 그들에게 일일이 변론을 하고 대응하면 그들도 애써 대응해 올 것입니다. 하나 그대가 아무 말도 하지 않고 있으면 그들도 대응해 오지 않을 것입니다. 따라서 그대는 옳고 다른 학파는 틀리다는 것은 지나치게 거만한 것입니다."

그 말에 혜자가 말했다.

"지금 다른 네 학파가 나와 논쟁을 벌이고 있지만 지금까지 나는 한 번도 내 학문의 소신을 굽혀 본 적이 없습니다. 게다가 그들은 우리 학문의 명성에 눌려서 꼼짝도 못 하고 있는 중이오."

"하나 대도를 걷는 그대가 어찌 다른 학파를 이론으로 눌러서 이기려고 하는 것이오? 초나라의 어떤 사람이 고향에서 버림을 받고 남의 땅으로 달아나 문지기 노릇을 하고 있었습니다. 하나 그는 고향을 떠난 고독감과 적막감을 이기기 못하고 고향으로 가는 배를 타려고 하다가 뱃사공과 시비가 붙게 되었습니다. 배는 아직 떠나지 않았지만 그 남자는 뱃사공의 미움을 받아서 배를 탈 수 없었습니다. 배를 타게 해 달라고 사정을 해야 할 그가 뱃사공의 미움을 받아서 배를 못 타게 되었으니 얼마나 어리석은 일입니까?

그대가 지금 다른 학파들과 시비에 휩싸인 것은 마치 배를 타지 못한 그 남자와 같은 처지가 된 것인데, 어찌 그것을 깨닫지 못하는 것이오?"

086
견줄 상대가 있어야 행복하다

받아낼 상대가 있어야
도끼도 휘두른다

장자가 장례식에 참석했다가 혜자의 무덤 앞
을 지나면서 제자에게 이렇게 말했다.

"옛날 초나라에 영이라는 사람이 있었다. 그
는 어쩌다가 잘못해서 자기 코끝에 흰 석고 가
루가 묻었다. 두께는 파리 날개처럼 얇았으나
아무리 긁어내려고 해도 좀처럼 닦이지가 않
았다. 그는 할 수 없이 유명한 석수인 장석을
불러다가 그 가루를 없애 달라고 부탁했다. 석

수는 그 부탁을 듣고 영의 코에 대고 도끼로
휘둘렀다. 도끼는 바람소리를 내며 가루를 감
쪽같이 깎아냈다. 그때 도끼를 든 석수나 영은
얼굴빛 하나 바뀌지 않았다.

그 소문이 퍼지자 송나라의 왕 원군이 장석을
불러다가 자기 코에 흰 흙을 칠할 터이니 자신
에게도 그렇게 해 보라고 부탁했다. 그러자 장
석이 원군에게 말했다.

'전에는 그 일을 할 수 있었지만 지금은 못 합
니다. 도끼를 휘둘러도 낯빛 하나 변하지 않고
버틸 수 있을 만한 사람은 이미 죽었기 때문입
니다. 지금 세상에는 제가 솜씨를 발휘해도 눈
하나 깜짝하지 않을 만한 상대가 없습니다.'
지금 나의 마음이 바로 장석의 마음과 똑같구
나. 나를 상대할 수 있던 혜자가 없다는 것이
몹시 아쉽기만 하구나."

087
못난 사람을 귀하게 여기라

현인이 남의 밑에 서면
모든 백성이 뒤따른다

제나라의 환공이 아파 누워 있는 관중을 찾아
가서 말했다.

"자네 병이 매우 커서 더 이상 국정을 맡길 수
가 없으니 후임자로 자네의 친구 포숙아를 마
음에 두고 있네만, 자네 생각은 어떤가?"

그러자 관중이 말했다.

"포숙아는 청렴결백한 선비라서 안 됩니다.
그는 자기보다 못난 사람은 상대도 하지 않을

뿐만 아니라 남의 한 번 실수조차 결코 용서하
지 않는 결벽증이 있습니다. 그래서 그가 국정
을 맡으면 위로는 왕을 거스르고 아래로는 백
성들과 뜻이 맞지 않아서 결국은 죄를 짓고 구
속될 것입니다."
"그렇다면 자넨 누가 좋겠는가?"
"습붕이라는 사람을 추천하고 싶습니다. 그는
윗사람을 잊고 늘 아랫사람들과 어울립니다.

자신이 황제만 한 인물이 못 된 것을 늘 부끄러워하면서 자기보다 못난 사람들을 귀하게 여깁니다. 덕을 나누는 사람은 성인이라 하고, 재물을 나누는 자는 현인이라고 합니다. 자신을 현인이라고 하면서 다른 사람 위에 군림하려고 하면 백성을 복종케 할 수가 없고, 스스로 현인이면서 남의 밑에 서면 모든 백성이 따르며, 나랏일에 비방을 듣는 일이 없습니다. 그래서 저는 습붕을 추천하는 것입니다."

088
교만은 최대의 적이다

왕의 화살을 잡은 원숭이는 부하들의 집중사격을 받는다

오나라 왕이 강 건너 원숭이들이 서식하는 산으로 갔다. 모든 원숭이들이 오왕을 보고 두려워서 달아났다. 그러나 그 중 한 마리가 오왕 앞에서 알짱거렸다. 오왕은 그 원숭이를 가소롭게 여기고 활을 쏘았다. 그러자 그 원숭이는 날아가는 화살을 잡는 것이었다.

화가 난 오왕은 부하들을 시켜 원숭이에게 집중 사격을 시켰다. 그 원숭이는 마침내 날아오는 화살을 피하지 못하고 죽게 되었다. 그때

오왕은 친구 안불의를 불러 말했다.

"저 원숭이는 내 앞에서 자기 재주를 뽐내려
다가 죽게 되었네. 그러니 자네도 저 원숭이를
거울 삼아 남 앞에서 교만하게 굴어서는 안 되
네."

그 말을 들은 안불의는 모든 지위를 버리고 호
화로운 생활도 청산하고 오나라의 현인인 동
오를 찾아가 그를 스승으로 모시고 교만한 마
음을 버리고 살았다. 그 후 3년이 지나자 온
나라 사람들이 그를 칭찬했다.

089
포용력을 크게 가지라

잘 짖는다고 명견이 아니듯
말 잘한다고 현자가 아니다

공자가 초나라에 갔을 때 왕에게 말했다.
"바다는 모든 강물을 받아들입니다. 바다보다
포용력이 큰 것이 세상에 어디 있겠습니까. 성
인도 천하를 크게 포용하고 세상에 은혜를 내
리기는 하지만 아무도 성인의 포용력을 알아
주는 사람이 없습니다. 따라서 사는 동안에는
관직에 오르지 않으며 죽어서도 시호가 없고,
살아서 이득을 챙긴 일이 없으며 자신의 명성
도 세상에 드러내지 않은 사람이야말로 대인

이라고 할 수 있습니다.

개가 잘 짖는다고 명견이 아닌 것처럼, 사람도 말을 잘한다고 해서 똑똑한 자가 아닙니다. 그러니 큰 도량을 베풀지 않는 자는 성인이라고 말할 수 없습니다. 사람이 천지의 대자연만큼 갖추지 못했다면 어느 누구도 다 갖추었다고 말할 수 없는 것입니다. 크게 갖춘 자는 더 구할 것이 없고, 잃어버릴 일도 없으며, 욕심으로 자신의 본성을 바꾸는 일도 없습니다."

090
뜻밖의 행운을 경계하라

좋은 음식만 먹는 것이
행복한 것만은 아니다

백남자기에게는 아들이 여덟 명이 있었다. 어느 날 그는 아들을 모두 불러놓고 관상을 잘 보는 구방인에게 자기 아들 중에서 누가 가장 행복하게 살겠는지 물었다. 구방인은 남백자기의 아들 중에서 곤이 평생을 왕처럼 온갖 좋은 음식을 실컷 먹으면서 살게 될 것이라고 말했다. 그 말을 들은 백남자기는 "내 아들 곤이 왜 그런 불행에 빠지게 되는지 모르겠다."면서 울었다. 그러자 구방인이 말했다.

"아들이 상팔자를 타고 났는데 왜 웁니까?"

그러자 백남자기가 말했다.

"우리 집안은 지금까지 목축업이라곤 해 본
일도 없네. 그런데 갑자기 양이 우리 집 서남
쪽에서 나타난다면 어떻겠나? 또한 우리 집안
은 단 한 번도 사냥을 해 본 적도 없는데 메추
리가 우리 집 동북쪽에서 나타난다면 어떤 생
각이 들겠나?

우리는 지금까지 하늘과 땅의 뜻을 섬기며 순
종하며 먹고 살아왔네. 꾀를 부리지도 않았고
이상한 짓은 하지도 않고 살았다네. 우리는 자
연의 이치에 따라 자연과 일체가 되어 정성껏
살면서 마음을 어지럽힌 일도 없었네. 그런데
우리 아이가 그렇게 세속적인 보상을 많이 받
게 된다니, 어찌 나쁜 징조가 아니겠는가? 그
건 내 아들의 죄가 아니라 하늘이 내게 주는

벌이 틀림없네. 그래서 나는 우는 것이네."

그 후 얼마 안 되어 아들 곤은 연나라로 가는
도중에 도둑 떼를 만나 다리가 잘렸고, 도둑들
은 곤을 제나라의 부자 거공에게 팔았다. 거기
서 곤은 문지기 노릇을 하면서 평생을 고기만
먹고 살게 되었다.

091
시비와 선악은 상황에 따라 달라진다

오의 다리가 길다고
자르지 말라

한약재 조두는 복통, 치통, 인후통 등 아픈 곳에 따라 달리 쓰이고, 길경은 객혈의 약재로 쓰이며, 계옹은 가루로 만들어 장수를 위한 약재로 쓰이며, 저령은 임질, 부종, 습진 등을 다스리는 약재이다.

이들 약재는 병의 증세에 따라 각기 따로 쓰이는 좋은 약재들이기 때문에 어느 약은 좋고 어느 약은 나쁘다고 말할 수가 없다. 쓰임새가 전혀 다른 까닭이다.

그런데 월나라 왕 구천은 전쟁에서 패하여 겨우 3천 명의 군사를 이끌고 회계산으로 들어가 숨어서 살았다. 그때 구천을 도왔던 대부종은 월나라가 언젠가 다시 재기할 것은 알고 있었지만, 자신이 훗날 구천에게 죽음을 당하게 될 줄을 몰랐다.

올빼미의 눈이 낮에 보이지가 않는다고 쓸모

없는 것이 아니다. 올빼미의 눈은 밤에는 잘
보인다. 학의 다리도 쓸데없이 길다고 잘라 버
려서는 안 된다. 학의 다리는 마디가 길어야
학에게 편리한 법이다.

모든 사물의 시비와 선악은 그때그때 시대의 환
경과 조건에 따라 다르게 평가되는 것이다. 따
라서 짧은 지식으로 시비를 가려서는 안 된다.

092
자신의 행복이 무엇인지 알라

돼지의 털 속에 사는 벌레는
그곳을 궁전으로 여긴다

사람들 가운데는 자기 주관은 없이 남의 말만
믿고 만족하게 사는 사람이 있다. 그런가 하면
한 선생님한테만 배워서 그 학설 이외의 것은
거들떠보지도 않고 오직 그 학설만 신봉하면
서 평생을 사는 사람도 있다. 또한 타인의 권
위에 숨어서 그 권위로 자기 자신을 크게 믿고
작은 현실에 만족하고 사는 사람도 있다.

돼지의 성긴 털 사이에는 이가 산다. 그 이는
그곳을 큰 궁전이나 큰 산으로 여기며 산다.
발톱 귀퉁이나 가랑이 사이에 붙어서 사는 이

도 있다. 그 이는 돼지가 도살장에서 죽으면
자신도 죽는다는 것도 모른 채 평생을 산다.
사람 중에도 그와 같은 사람이 있는 것이다.
순이라는 사람은 요가 보낸 불모지에 가서 자
신의 총명이 쇠해서 늙도록 쉬지 않고 일하면
서 살았던 사람이다. 그는 눈에 보이는 대로
살았다. 그런 사람은 그 마음이 무심해서 먹줄
을 친 듯이 평평하게 살면서 자연에 순응하며
산다.

093
타락하기 전의 본성을 찾으라

물은 흙으로 스며들고
그림자는 사람을 따른다

부엉이의 눈은 밤에 살기 좋고, 학의 다리는
마디가 있어서 좋지만, 길다고 자르면 반드시
슬픈 일이 생긴다. 부엉이가 밤눈이 좋은 이유
가 있듯이 학의 다리가 긴 이유가 있기 때문이
다. 이 세상에서 아무 쓸모 없이 생긴 사물은
하나도 없다.
바람이 불고 해가 비치면 강물은 줄어든다. 바
람에 물이 흐르고 해가 물을 증발시켜 버리기
때문이다. 그렇지 않다면 강물은 끝내 조용할

뿐이다. 그래도 강물이 줄지 않는 것은 산 속에 있는 곳곳의 샘물이 늘 물을 공급해 주기 때문이 아닌가.

물은 흙을 만나면 구석구석 스며들고, 그림자는 사람을 철저히 따른다. 이렇듯 이 세상의 만물은 서로가 긴밀한 관계를 맺고 있다. 그러나 사람이 눈으로 세상의 사물에 쏠려 눈의 본성을 잃기 쉽고, 귀는 소리를 들으면 소리에 흘려 귀의 본성을 잃게 되며, 마음도 사물에 지배를 당해 본성을 쉽게 잃는다.

따라서 인간이 어떤 능력을 발휘할 때는 본래의 본성에서 이탈하기 쉽다. 한번 본성을 벗어나면 근원으로 돌아가기가 어려워져 화는 점차 커지고, 그 화는 자신에게 모인다. 사람이 본성을 회복하기 위해서는 상당한 노력을 쌓아야 하고, 그 결과도 오랜 시간을 기다려야 한다.

094
참된 지혜를 얻으라

사람의 지혜가 끝난 곳에 하늘이 있고
하늘의 이치에 따를 때 지혜가 생긴다

사람이 땅을 밟을 때는 그 면적이 아주 작지만
아직 밟지 않은 넓은 땅이 있다는 것이 전제가
되고 있기 때문에 안심하고 걸을 수 있다. 그
처럼 지혜 역시 아주 작지만 세상에는 더 큰
지혜가 있기 때문에 인간은 계속 지혜를 추구
할 수 있는 것이다.

우리가 도를 구하는 것은 아직도 도가 혼돈 속
에 있기 때문이며, 혼돈된 도가 거기 있고, 혼

돈 속에 무한히 큰 믿음이 존재하기에 우리는
끝없이 그것을 찾아 헤매고 있다. 바로 그런
상태를 깨달은 자야말로 최고의 지식에 도달
한 자이다.

사람의 지혜가 끝난 곳에 하늘이 있고, 하늘의
이치에 순응해 나갈 때 사람의 지혜는 밝아지
는 것이며, 만물 사이에 아닌 쉬에 미요
운행하는 작용이 있고, 그것들은 원시의 상태
대로 이미 서로가 대립하고 있는 것이다.

아무리 지혜로써 만물의 이치를 터득한 사람
일지라도 이러한 것을 쉽게 이해할 수는 없다.
그러기에 사람은 자신이 쌓아 온 지혜를 모두
잊어야만 비로소 진실도 알 수가 있는 법이다.
모든 것이 혼돈된 상태에 참된 이치가 있고,
영원한 것도 있는 것이다. 그것이 우주의 법칙
이자 질서이다.

095
사소한 일에 얽매이지 말라

달팽이 왼쪽 뿔과 오른쪽 뿔이 무엇을 차지하려고 싸우겠는가

위나라의 혜왕은 제나라의 위왕이 약속을 어겼다는 이유로 자객을 보내어 위왕을 죽이려고 했다. 그때 공손연이 그 말을 듣고 말했다. "폐하, 자객을 보내시는 일은 부끄러운 일입니다. 제게 20만 군사를 주시면 제나라를 공격하여 포로와 재물을 약탈해 오겠습니다. 그렇게 복수하는 것이 좋지 않겠습니까?"
그때 계자가 말했다.

"성을 열 길까지 쌓았다가 헐어 버린다면 그동안의 수고가 헛일이 됩니다. 우리가 전쟁을 하지 않은 지가 7년째입니다. 그것은 지금까지 폐하가 천하의 왕이 될 기초를 쌓은 것입니다. 공손연의 말을 듣고 전쟁을 일으켜서는 안 됩니다."

그때 화자가 말했다.

"전쟁을 획책하는 자나, 전쟁을 획책하지 않는 자나 똑같이 전쟁을 일으키는 자입니다."

그러면 도대체 어떻게 하는 것이 좋으냐고 혜왕이 물었다. 그러자 재상 혜자가 양나라의 현인 대진인을 왕에게 데리고 와 충고를 부탁했다.

"달팽이 왼쪽 뿔 위에는 촉씨라는 나라가 있고, 오른쪽 뿔 위에는 만씨라는 나라가 있습니다. 그 작은 두 나라가 국경을 놓고 전쟁을 하

317

면 전사자가 수만 명이나 나옵니다. 하나 위나라는 배를 타거나 수레를 타고 유람을 할 수 있을 만큼 큰 나라입니다. 그런 큰 나라에 양이라는 도읍이 있고, 그 도읍 안에 폐하가 계십니다. 만일 폐하께서 전쟁을 획책하신다면 저 작은 촉과 만이라는 나라와 무엇이 다르겠습니까?"

"다름이 없네."

대진인이 나가자 혜왕은 정신이 멍하게 나간 것 같았다. 그때 혜자가 들어와 말했다.

"대나무 통을 불면 뚜우 하고 높은 소리가 나지만 칼 손잡이 구멍을 불면 피익 하고 작은 소리가 날 뿐입니다. 대진인 앞에서 요순 때 얘기를 하는 것은 마치 칼 손잡이 구멍에 대고 피익 하는 소리를 내는 것과 같습니다."

자신을 끝없이 변화시키라

096
천성대로 살라

천성을 거스른 욕심의 싹은
독성을 뿜어 몸을 해친다

국경을 지키는 장오라는 사람이 공자의 제자 자로에게 말했다.

"자네는 정치를 할 때는 조잡한 정책을 쓰지 말고 엉성하게 행동하지 말게나. 전에 내가 농사를 지으면서 밭을 대충 갈았더니 곡식들이 조잡하게 열매를 맺어 내게 복수를 하더군. 내가 김을 맬 때 엉성하게 맸더니 곡식들도 엉성하게 익어서 내게 복수를 했었네. 그래서 그 다음 해에는 밭을 정성스럽게 갈고 써레질도 잘했더니 벼도 잘되고 풍년이 들어서 1년 동안 배불리 먹을 수 있었네."

그 말을 듣고 장자가 말했다.

"지금 장오가 한 말이 맞다. 사람들은 흔히 대자연의 이치에서 벗어나려 한다. 자기 천성을 없애려고 애쓰고, 자기 본심에서 벗어나려고 애쓴다. 그것은 욕심이 많아서 많은 일을 하려고 하기 때문이다. 자연의 이치에 맞게 자신의 본성을 잘 기르려고 하지는 않고, 조잡한 정욕에 빠지거나 나쁜 성정을 길러서 천성을 해치는 잡초를 만든다. 그것은 처음에는 싹이 나서 도움이 되는 것 같지만 얼마쯤 자라면 독성을 뿜어 본성을 뽑아 버리고 그 독이 몸 전체로 퍼져서 병이 된다. 몸에 부스럼이 나고 옴이 솟고, 열이 높고 당뇨가 생기는 것은 바로 그 때문이다."

097
위정자의 부도덕은 재앙이다

옛 왕들은 백성들의 잘못을
자기 탓으로 돌리고 물러났다

노자의 제자 백구가 천하를 유람하려고 하자
노자가 말했다.
"천하가 모두 여기 있는데 어디에 가서 무엇
을 보겠다고 하느냐?"
그러나 백구는 노자의 말을 듣지 않고 제나라
로 떠났다. 백구는 제나라에 가서 가장 먼저
죽은 사형수를 만나게 되었다. 백구는 자기가
입은 예복을 벗어서 덮어 주면서 하늘을 향해
통곡하면서 말했다.

"그대여, 천하의 재앙들 중에 그대가 먼저 걸려들어 희생되었구나. 그대는 사람을 죽였단 말인가, 아니면 도둑질을 했단 말인가? 영광과 굴욕 후에는 늘 병이 들고, 재물 앞에서는 늘 다툼이 있었다. 위정자들이 정치를 아무리 잘한들 이런 환난을 어찌 멈출 수 있겠는가. 옛 왕들은 백성들의 허물을 모두 자기 탓으로 돌리고, 늘 자리에서 물러나 자신을 꾸짖었다. 하지만 지금은 누가 책임을 지는가? 오히려 위정자들은 재물을 감추고, 백성들에게 어려운 일을 시켜 해내지 못하면 죄를 주고, 무거운 책임을 맡겨 행하지 못해도 벌을 주고, 먼 길을 가게 하여 못 가도 처형을 시켰다. 이렇게 날로 거짓이 많아지면 백성들은 더욱더 거짓된 행동을 하고, 힘이 부족하면 거짓말을 하고, 지혜가 부족하면 속이며, 재물이 없으면 훔치는데, 이런 세상에 누구를 꾸짖어야 옳단 말인가?"

098
자신을 끝없이 변화시키라

거백옥은 60세가 될 때까지
60번이나 생각을 바꾸었다

위나라의 어진 대부 거백옥은 60의 나이에 사
람이 60번이나 변했다. 처음에 옳다고 여긴
것을 돌아서서 틀렸다고 부정하지 않은 적이
없었다. 그래서 이제 나이 60세이 되어 옳다
고 여기고 있는 것도 과거 59년간 틀렸다고
여겼던 것인지도 모른다.
이 세상의 만물은 계속 태어나지만 그 근원이
어디며 무엇인지 도무지 알 수가 없다. 사람들

은 모두 자기의 지혜로 판단된 것만 옳다고 믿고 존중하고 있지만, 자기 지혜로 도저히 깨달을 수 없는 대자연의 근본 이치가 무엇인지도 모르고 있으니 결국은 어찌 어리석다고 하지 않을 수가 있겠는가. 이렇게 말하는 나 역시 미혹에서 벗어나지 못하고 있으니 내가 하는 이 말도 옳은 것인지 틀린 것인지 알 수가 없구나.

099
작은 것이 모여 큰 것이 된다

작은 개울들이 양자강을 이루듯이
사소한 말과 행실이 성인을 만든다

수레의 각 부분을 떼어낸 것을 수레라고 말할
수 없지만 그 수레의 각 부분을 다시 조립하면
수레라고 말할 수 있다. 그와 똑같이 언덕이나
낮은 구릉은 흙이나 돌들이 높이 쌓여서 산을
이룬 것이고, 양자강이나 황하강 역시 작은 개
울물들이 모여서 큰 강을 이룬 것이다.
성인 역시 사소한 말투나 작은 행실들이 하나
씩 쌓여서 크고 공평한 것으로 만드는 사람이

다. 따라서 다른 사람의 말을 들을 때는 자기
주장이 있더라도 크게 고집하지 말아야 하고,
자기 마음 속에 정당한 것이 있더라도 남의 말
을 물리쳐서는 안 되는 법이다.

사계절은 기온이 다르지만 하늘은 어느 한 계
절만 특별히 관리하지 않기에 한 해를 이룰 수
있고, 모든 국가의 관리들은 그 맡은 바 직책
이 모두 다르지만 왕은 특별히 어느 직책을 맡
은 관리만을 총애하지 않아야 나라가 잘 다스
려지는 것이며, 선비와 군인은 재능이 다르지

만 대인이라면 어느 쪽을 더 두둔하지 않기 때
문에 덕을 갖추었다고 말할 수 있는 것이다.
이 세상의 만물은 각각 그 존재의 이치가 다르
지만 도는 어느 쪽을 편애하지 않으므로 만인
이 따르는 것이다. 인간에게 행복과 불행은 계
속 바뀌는 것이므로 서로 좋음과 싫음이 있고,
는 신에는 많은 사람마다 부지들이 가지 조하이
바탕을 이루고 있으니, 이런 것들을 세상에서
는 여론이라고 한다.

100
만물은 계속 순환한다

시작하면 끝나고
끝나면 다시 시작한다

음과 양은 서로 받아들이고, 서로 밀어내고, 서로 다스린다. 사계절은 서로 교대하여 대지를 차지하고, 밀어내고, 또 물러나며, 사람의 욕심과 미움도 서로 차지하고 물러나기를 반복한다. 암컷과 수컷이 서로 화합하고 또 서로 떨어지는 것도 당연한 일이다.

편안하면 바빠지고 싶고, 바쁘면 한가해지고 싶어한다. 불화와 화목이 계속 바뀌고, 느림과 급함이 서로 바뀌며, 모임과 흩어짐이 계속되고, 시작하면 끝나고 끝나면 다시 시작되면서, 결국은 근본으로 돌아가고 다시 근본에서 시작된다.

101
대자연의 이치가 도(道)다

도란 말과 침묵을 넘어선
무위의 경지이다

세상을 잘 모르고 지혜가 없는 소지가 만물을
조화시키는 태공조에게 물었다.
"제나라의 현인 계진은 도(道)라는 것은 아무
짝에도 쓸모 없는 것이라고 말했는데 같은 제
나라의 현인 접자는 도가 만물에 크게 작용하
고 있다고 말했습니다. 도대체 누구의 말이 옳
은지 말씀해 주십시오."
태공조가 말했다.

"닭이 울고 개가 짖는 것을 모르는 사람은 없다. 하나 아무리 지혜가 뛰어난 사람이라도 닭이 왜 울고 개가 왜 짖는지 설명할 수 있는 사람은 없다. 또 개나 닭이 무엇을 하려고 이 세상에 태어났는지 알 수 있는 사람도 어디 있겠느냐? 따라서 어떤 사실을 놓고 그 존재 이유를 색깔하거나 그 쓰임을 끼워맞추고 하는 것은 잘못을 저지르는 일이 된다.

닭이나 개가 세상에 있는 것은 그것이 반드시 존재해야 할 이유가 따로 있는 법이고, 그것이 울고 짖는다면 그 이유도 반드시 있게 마련이다. 어떤 존재를 말로 표현할 수 없다고 해서 그것이 있어야 할 이유가 없다고 어떻게 감히 말할 수 있단 말이냐? 이미 존재하고 있는 것은 없다고 할 수 없는 것처럼, 이미 죽은 것도 다시 있게 할 수 없지 않느냐.

죽고 사는 것도 그처럼 우리 곁에 아주 가까이

있으나 그 이치가 무엇인지 아는 사람이 이 세상에 누가 있겠느냐? 그러니 인간의 작은 지혜를 가지고 대자연의 진리를 어떻게 말할 수 있단 말이냐.

내가 만물의 근본을 생각해 보면 그 시작이 언제부터이며 그 끝이 언제인가를 헤아릴 재간이 없고, 만물이 서로 어떻게 연관을 지어 상호 작용을 하고 있는지도 알 수가 없다. 따라서 도라는 것은 살아가는 데 소용이 없을 수도 있고, 아주 중요할 수도 있다.

게다가 우리는 대자연의 이치를 도라는 단어를 끌어다 임시로 이름을 붙여서 쓰는 것일 뿐이니 우리 머리로 도의 이치와 방법을 아무리 말해 봐도 그것은 하나의 관념에 불과할 뿐이다. 따라서 도라는 것은 말과 침묵을 넘어선 무위의 경지가 아닐까 생각한다."

102
운명은 내 뜻대로 되지 않는다

자녀의 효도가 극진하다고 해서
부모의 사랑을 받는 것은 아니다

운명은 내 뜻대로 되는 것이 아니다. 왕에게는 신하의 충성이 반드시 필요하지만 그렇다고 그 충성이 반드시 모두 받아들여지는 것은 아니다. 그래서 춘추시대의 충신 자서는 오왕 부차에게 충성을 바쳤으나 믿음을 얻지 못하여 자살했으며, 그 시체는 가죽 주머니에 담겨 강물에 던져졌다. 또한 주나라의 대부 장홍도 왕에게 충고를 하다가 촉나라로 추방당하여 분해서 배를 가르고 죽었다.

모든 부모는 자녀의 효도를 바라지만 자녀의 효도가 극진하다고 해서 반드시 부모의 사랑을 받는 것은 아니다. 은나라 고종의 아들이었던 효기는 부모에게 효도했으나 계모의 학대를 받고 죽었다.

나무와 나무가 오래 마찰하면 불길이 일어나고, 쇠도 불과 맞서면 녹아 버린다. 음과 양이 문란해지면 천지가 크게 변한다. 그래서 천둥과 번개가 치면 비가 와도 큰 느티나무에 불이 붙는다. 사람들도 이해관계에 얽히면 불의 함정에서 피할 도리가 없다.

그래서 사람들은 이웃과 만나면 늘 불안하고 걱정에 빠진다. 이해관계가 마찰하여 마음에 불이 붙기 때문이다. 사람의 마음은 달처럼 밝지만 불은 몸도 마음도 태워 버린다.

103
필요한 것을 필요할 때 베풀라

지금 물 한 바가지가 없다면
훗날 강물이 무슨 소용 있는가

가난한 장주가 당장 배가 고파서 춘추시대의
황제 감하후에게 식량을 빌리려고 갔을 때 감
하후는 장주에게 이렇게 말했다.

"그럼세. 나라의 세금을 다 거두게 되면 그때
한 3백쯤 꿔 주겠네."

그 말을 들은 장주는 화가 나서 말했다.

"여기 오는 도중에 누가 내 이름을 불러서 돌
아보니 수레바퀴가 파여 고인 물 속에서 붕어

한 마리가 말했습니다. '저는 동해바다에서 물 관리를 맡고 있는 관리입니다만 어쩌다 여기까지 오게 되었습니다. 잠시 후에는 이곳 물이 말라 버릴 텐데 당신이 어디서 물 좀 한 바가지만 가져와 저를 살려 주실 수 있겠습니까?' 그래서 저는 그 붕어에게 이렇게 말했습니다. '좋습니다, 제가 지금 어느 나라와 월 나라에 가서 서강의 물줄기를 이곳까지 끌어다 주겠으니 그때까지만 기다려 주시오.' 그랬더니 붕어가 화를 내면서 이렇게 말했습니다. '저는 지금 한 바가지의 물만 있으면 살 수가 있는데 무슨 말씀을 그렇게 하시는 겁니까? 그렇다면 건어물 가게에 가셔서 저를 찾는 게 빠르겠네요.'"

104~111

하늘의 뜻에 따르라

104
작은 미끼로는
큰 고기를 낚을 수 없다

작은 벼슬자리나 노리는 사람은
큰 명예와 영화를 누릴 수 없다

춘추시대의 임나라에 살던 한 공자(公子)는 50
마리의 소를 큰 낚시의 미끼로 꿰어 회계산 위
에 걸터앉아서 동해에 낚싯대를 드리우고 낚
시를 했다. 그러나 1년이 지나도 입질하는 고
기가 없었다. 그러던 어느 날 큰 고기가 낚시
미끼를 물고 물 속으로 쑥 들어갔다가 나왔다.
그 물고기가 물 위로 솟구쳐 지느러미를 흔들

때 산 같은 파도가 일어났고, 파도 치는 소리가 천 리 밖까지 들렸다.

공자는 그 큰 고개를 잡아서 토막을 내고 말려서 포를 만들었는데 그때 제하의 동쪽에서 창오산 북쪽에 사는 사람들치고 모두 그 고기를 실컷 먹지 않은 자가 아무도 없었다. 그래서 사냥꾼은 짧은 낚싯대에 가는 낚싯줄을 매달고 작은 미끼를 꿰어 작은 시냇물에 가서 낚시를 하는 자들이 감히 그런 큰 고기를 어떻게 잡을 수 있겠는가 하고 말했다.

그러므로 작은 고을의 현령 같은 작은 벼슬 자리나 노리고 있는 사람이 어찌 큰 명예와 영화를 누리겠는가. 임나라의 공자 같은 큰 품격을 가진 사람이 아니라면 감히 세상의 경륜을 지녔다고 말할 수가 없다.

105
작은 지혜를 버려야 큰 지혜를 얻는다

아이가 혼자 말을 배우는 것은
말하는 사람이 있기 때문이다

어떤 사람이 아무리 독보적으로 뛰어난 지혜
를 가졌다 해도 수많은 사람들 중에서 나오는
한 가지 지혜를 당해낼 재간이 없다. 지혜도
막혀서 힘을 쓰지 못할 때가 있고, 신령의 힘
으로도 당해내지 못할 때가 있는 법이다.

물고기는 그물은 무서워하지 않지만 물새들을

겁낸다. 작은 지혜를 버리면 큰 지혜가 밝아지
는 것처럼, 자신이 착하다는 생각을 버려야 저
절로 착해질 수가 있다. 어린 아이가 태어나서
누가 가르쳐 주지 않아도 말을 배우는 것은 말
할 수 있는 사람들과 같이 살고 있기 때문이
아니겠는가?

106
세상에 쓸모 없는 것은 없다

밟지 않는 땅이 있어야
밟을 수 있는 땅이 있다

혜자가 장자에게 물었다.

"자넨 왜 아무 짝에도 쓸모 없는 말들을 그렇게 많이 하는가?"

그러자 장자가 대답했다.

"쓸모 없는 말이라는 것을 알아야 그것이 비로소 쓸모 있다는 것을 알 수가 있는 것이네. 이 세상의 땅은 참으로 넓은데도 사람이 밟고

다니는 땅은 아주 좁지 않은가? 더구나 사람
이 밟고 서 있을 수 있는 땅이란 두 발바닥 넓
이면 족한 것이네. 그렇다고 해서 우리가 발로
밟을 수 있는 넓이의 땅만 남겨 놓고 나머지
땅은 필요 없다고 모두 황천으로 파 버릴 수
있겠는가? 밟지 않는 땅도 앞으로는 내가 밟
아야 할 땅으로 남겨 두어야 하지 않겠는가?"

107
마음을 비우라

자연의 이치를 거스르면
숨도 막히고 기도 막힌다

눈이 잘 보이는 것을 명(明)이라고 하고, 귀가
잘 들리는 것을 총(聰)이라고 한다. 총명하다
는 것은 잘 보이고 잘 들린다는 뜻이다. 코가
냄새를 잘 맡는 것을 전(顫)이라고 하고, 입이
맛을 잘 보는 것을 감(甘)이라고 한다. 마음이
잘 아는 것을 지(知)라고 하고, 지혜가 잘 통하
는 것을 덕(德)이라고 한다.
사람은 누구나 통하기를 바라지, 막히기를 원
하지 않는다. 기가 막혔다는 것은 숨을 쉴 수
가 없다는 뜻이며 숨을 못 쉬면 살 수가 없다.

만물 중에 지혜를 가진 존재는 모두 숨을 쉬고 있다.

그런데 숨을 잘 쉴 수 없다는 것은 하늘의 잘못이 아니다. 신은 숨통을 터주고 기를 통하게 해주었는데 숨이 막히고 기가 막히는 것은 사람들이 자연의 이치에 따르지 않고 스스로 숨구멍을 막고 기를 막고 있기 때문이다.

인체는 내장으로 꽉 찬 것이 아니라 빈 공간이 많이 있다. 그 빈 공간에서 자연의 이치가 여유를 갖게 하고 있다. 만일 방 안의 공간이 좁다면 시어머니와 며느리처럼 서로 공간을 차지하려고 다투게 될 것이다. 그와 똑같이 마음도 비어 있지 않으면 눈, 귀, 코, 입, 마음, 지혜 등 육근이 서로 다투게 된다.

사람이 속세를 떠나 조용히 산 속에서 살고 싶은 것은 바로 속세에 빈 공간이 없어서 육근의 집착을 이길 수가 없기 때문이다.

108
시비를 따지지 말라

이 세상의 옳고 그름을
사람은 영원히 모른다

나는 우화를 빌려 비유로 이야기를 많이 한다.
내가 스스로 내 아들 자랑을 하면 남들이 믿지
않지만, 남이 내 아들을 칭찬하면 믿는 것과
같은 이치이다. 사실 부모나 남이나 칭찬하는
내용은 똑같은데도 듣는 사람의 감정은 다른
것이다.

따라서 그것은 듣는 사람 탓이 더 크다고 할
수 있지만 별 도리가 없다. 학자가 새 학설을

발표하면 다른 학자들은 이러쿵저러쿵 말이 많고 시비도 건다. 그래서 학자들은 자기 학설의 객관성을 확보하기 위해 다른 비유를 들어서 학설을 설명하는 것이다.

나는 나이가 많은 노인의 비유를 많이 들었다. 그 이유는 그분들의 지혜와 경륜을 다른 사람들이 모두 존경하기 때문이니, 그렇지 않고 부실 없이 나이만 많은 노인들은 존중할 이유가 없다. 사람이 나이가 들어서도 남들의 존경을 받지 못하는 것은 자기 도리를 다하지 못했기 때문이다.

나는 어떤 사실에 대해서 옳고 그름에 대한 결론을 내지 않았다. 하지만 말 가운데 시비가 없다면 일생 동안 말을 해도 말을 하지 않은 것이나 다름없다. 그러나 일생 동안 말을 하지 않았다고 해도 말을 전혀 하지 않은 것은 아니다. 사람들은 말을 안 해도 옳고 그름은 저절로 느끼는 법이다.

물론 무엇이 옳고 무엇이 그른가는 아무도 영원히 알 수 없다. 이 세상의 만물은 수많은 종류가 있고, 그 모습이 모두 다르고, 이 세상의 시작과 끝도 알 수 없다. 그러나 바로 그 점 때문에 우리의 우주는 조화롭다고 말할 수가 있다. 그리고 우주가 조화를 이루고 있다는 것은 곧 옳고 그름을 초월해서 대자연과 하나가 되어 있다는 뜻이다.

109
겸손하고 겸손하라

짐짝 깨끗한 사람은 더러워 보이고
덕을 갖춘 사람은 부족해 보인다

양자거가 남쪽의 패라는 곳을 찾아갔을 때 노
자가 말했다.
"처음에 나는 너를 가르치려고 생각했는데,
지금 보니 아니라는 생각이 들었다."
그 말에 양자거는 한 마디도 하지 않고 노자의
뒤를 따르기만 했다. 그러다가 노자가 여관에
묵게 되자 양자거는 노자를 위해 세숫물을 떠
오고 양칫물과 수건과 빗을 가져와 바치고 자

신은 문 밖에서 신발을 벗고 무릎으로 기어와 말했다.

"아까 선생님께서는 길을 걷는 중이어서 감히 여쭙지 못했습니다만, 지금은 한가하시니 아까 그런 말씀을 하신 이유를 듣고 싶습니다."

그때 노자가 말했다.

"너는 사람들 앞에서 눈을 크게 뜨고 거만하게 군다. 그러니 누가 너와 함께 있으려고 하겠느냐? 정말 깨끗한 사람은 남들 눈에는 더러워 보이고, 좋은 덕을 갖춘 사람은 어딘가 부족해 보이는 법이다."

"잘 알아들었습니다."

처음에 양자거는 여관 주인을 불러 이부자리를 펴게 했으며, 여관 주인의 아내에게 수건과 빗을 바치도록 했었다. 그래서 여관에 투숙하고 있던 사람들은 그를 슬금슬금 피했으며, 부엌에서 일하던 사람들도 그를 보면 달아났다.

그러나 양자거는 노자의 가르침을 받은 후부터는 태도가 변하여 여관에 오는 손님들이나 종업원들이 앞을 다투어 그의 곁에 앉으려고 자리다툼을 할 정도가 되었다.

110
목숨보다 귀한 것은 없다

두 팔은 천하보다 귀하고
목숨은 두 팔보다 귀하다

한나라와 위나라가 서로 국경을 넘어 땅을 차
지하려고 싸웠다. 그때 위나라의 현인 자화자
가 한나라의 왕 소희후를 만나서 물었다.
"만일 천하의 땅 문서를 내놓고 왼손으로 문
서를 잡으면 왼손을 자르고, 오른손으로 문서
를 잡으면 오른손을 자르겠다고 한다면, 둘 중
한 손이 잘리기는 하겠지만 어쨌든 땅 문서를
소유한 사람이 천하의 땅을 차지하게 될 것입

니다. 그렇다면 폐하께서는 그 문서를 갖겠습
니까?"

그때 소희후가 말했다.

"난 그런 문서는 갖지 않겠소."

그러자 자화자가 말했다.

"옳은 말씀입니다. 폐하의 두 팔은 천하보다
귀하고, 옥체는 두 팔보다 더 귀합니다. 그리
고 한나라는 천하보다 귀하지 않으며, 지금 위
나라와 서로 다투는 땅은 한나라보다 가치 없
는 것입니다. 그런데 폐하는 그 작은 땅을 차
지하려고 목숨을 걸어서야 되겠습니까?"

그 말을 들은 소휘후는 자화자야말로 무엇이
가치 있고 무엇이 가치 없는 것인가를 알려 준
사람이라고 칭찬했다.

111
하늘의 뜻에 따르라

땅 위에 두면 솔개의 밥이 되고
땅 속에 두면 개미의 밥이 된다

장자가 죽음에 가까이 이르렀을 때 제자들이
장례식을 크게 치르려고 하자 장자가 말했다.
"나는 하늘과 땅을 관으로 삼고, 해와 달을 한
쌍의 구슬로 삼았으며, 별들의 옥으로 장식하
고, 만물을 재물로 삼았는데, 내 장례식에 그
보다 더 부족한 것이 무엇이냐?"
그러자 제자들이 말했다.
"혹시 까마귀나 솔개가 선생님의 시신을 먹을

까 두렵습니다."

그때 장자는 이렇게 말했다.

"땅 위에 있으면 까마귀나 솔개의 밥이 되고, 땅 속에 있으면 땅벌레나 개미의 밥이 된다. 그것을 이쪽에서 빼앗아다가 저쪽에 주려고 하는 이유가 무엇이냐? 사람의 지혜로 무엇을 어떻게 공평하게 할 수 있다고 생각하느냐? 하늘의 지혜가 아니고는 세상의 그 어느 것도 어리석은 일이니, 인간으로서 그게 슬픈 일이다."

역사를 바꾼 지도자들

스펜서 비슬리 외 17명 지음/ 이동진 옮김
360쪽/ 9,000원

• 세계사에 큰 공적을 남기고 역사의 흐름을 바꾼 지도자 22명의 출생과 성장, 업적을 잡약하여 서술한 영웅들의 기록이자 역사 현장의 논픽션이다.

걸리버 여행기

조나단 스위프트 지음/ 이동진 옮김
496쪽/ 12,000원

• 국내에 동화로 알려진 걸리버 여행기는 놀라운 상상력과 기괴한 항해담을 통해 인류의 통치 세력들과 문명사회의 부패와 탐욕을 가혹하게 풍자 비판한 고전 명작이다. 국내 최초 무삭제 완역판.

행복에 이르는 길

풀턴 J. 신 지음/ 조성식 옮김
224쪽/ 9,500원

• 미국의 지성 풀턴 주교가 특별한 목적을 가지고 독특한 방법에 따라 진정한 행복에 이르는 길을 사려 깊게 제시한 에세이이다.

스탕달 연애론 에세이 Love

이동진 옮김/ 양장/ 248쪽/ 8,000원

• 어떤 심리학자보다도 정확하게 남자와 여자의 연애 심리를 기술한 200년 된 연애심리의 바이블

제2의 성서 (구약/신약)

이동진 편역
구약 858쪽 · 신약 765쪽/ 각 15,000원

• 2천년 동안 베일에 가려져 있던 신비의 비경전 고대문헌.
• 성서가 신앙의 교과서라면 〈제2의 성서〉는 우수한 참고서.

동서양의 고사성어

이동진 편저/ 984쪽/ 17,000원

• 동양의 지혜를 영어 속담과 함께 읽는다.
• 총 5,969개의 생활 한자 숙어 총정리

작은 거짓말도 용서하지 말라

유홍종 엮음
253쪽/ 10,000원

• 루소 · 칸트 · 몽테뉴 · 체스터필드 · 쇼펜하우어 · 톨스토이의 자녀 교육론 에세이

논픽션 붓다

유홍종 지음/ 375쪽/ 9,000원

• 부처의 생애와 가르침을 알기 쉽게 풀어놓은 초보자의 불교 읽기